MULTIVERSO PULP
APRESENTA

DIVA GALÁCTICA

A CIDADE PÚRPURA E OUTRAS HISTÓRIAS

AVEC EDITORA

PORTO ALEGRE, RS
2021

Publisher	*Artur Vecchi*
Edição	*Duda Falcão*
Ilustração da capa	*Fred Macêdo*
Colorização da capa	*Robson Albuquerque*
Projeto Gráfico e diagramação	*Luciana Minuzzi*
Revisão	*Camila Villalba*
Imagens	*British Library*

M 539
Mendonça, Diego
Diva Galáctica / Diego Mendonça. – Porto Alegre: Avec, 2021. -- (Multiverso Pulp apresenta)
ISBN 978-85-5447-075-3
1. Contos Brasileiros 2. Título II. Série
CDD 869.93

Índice para catálogo sistemático:
1.Contos : Literatura brasileira 869.93

Ficha catalográfica elaborada por Ana Lucia Merege CRB-7 4667

1ª edição, 2021
Impresso no Brasil / Printed in Brazil

AVEC
EDITORA

Caixa postal 7501
CEP 90430 - 970
Porto Alegre - RS
www.aveceditora.com.br
contato@aveceditora.com.br
instagram.com/aveceditora

Índice

Para Juliane Vicente,
a diva que eu conheço.

Verde e Vermelho

— Pronto, Selma, estou infiltrada. Este bando de almofadinhas continua acreditando que o universo gira em torno deles, nem perceberam que sou a única zeemeeana garçonete nesta ala do cruzador de gala.

— Não tinha dúvidas de que ia conseguir, capitã. Estou tentando comunicação com o cargueiro pra fazer a ponte entre o cruzador e nossa tripulação. Como sabe, a Andorinha é uma nave de pequeno porte; levar os tesouros e bugigangas que supostamente esse cruzador deve ter, levará algum tempo.

— Diva, aqui é o Pipo. Se não começar a servir e se portar melhor, perder essa malemolência no gingado que eu tanto curto, vai atrair atenção. Enquanto o programa não mapeia as estruturas da nave, você tem que se tornar parte da paisagem. Precisa ser onipresente. Aí não vão estranhar a zeemeeana circulando no cruzador.

— Ele tem razão, Diva — Selma disse. — Ofereça alguns shorms, caso contrário vai gerar estranheza.

— Ai, que chatos! Não me amolem! E antes que eu me esqueça: posso saber onde você está, Pipo? Nós dois juntos traríamos mais normalidade à situação.

— À sua esquerda. — Diva virou a cabeça e viu Pipo, o mesmo jeito de idiota, acenando com os três dedos da mão canhota. — Vá. Sirva.

Diva então desfilou a esmo entre as fossas aquáticas (reproduzidas artificialmente) dos crocodilianos. Boa de tiro ou não, não adiantaria tentar algo contra aquelas feras se fosse pega infiltrada ali. Era natural haver diversas espécies intergalácticas em cruzadores de luxo trabalhando como garçons e garçonetes, mas estes geralmente correspondiam a espécies servis. Não costumava existir muita miscigenação no espaço. Diva achava curioso como o povo de Selma havia criado uma imagem de colaboração e amizade entre as raças intergalácticas em seus filmes de ficção espacial. Os zeemeemanos e os terranos possuíam características em comum, como a forma humanoide e o sentimentalismo — talvez por isso Selma, uma desgarrada da própria espécie, aturava os dois amigos alienígenas.

— Mocinha, traga-me esses shorms! — chamou um crocodiliano. Diva compreendeu-o com atraso. O tradutor auricular criado por Pipo era um aparelho medíocre.

— Pois não, senhor! — Ela sorriu e ofereceu a bandeja para o sujeito em sua piscina.

Desconfiado, o crocodiliano esticou a mão e pegou meia dúzia de shorms, espécie *gourmet* de crustáceo, uma criaturinha natural da lua Shorm, do planeta Thod.

— Por que me mostra os dentes? Está me ameaçando?

— Hã? Ah, não! Os dentes são modo de mostrar que estou contente em servi-lo, senhor! — Diva disse, corroendo-se por dentro, amarga por ter que servir àqueles magnatas.

— Hum. Que bom, mas não faça mais isso, ou podem tomar como afronta. Obrigado pelos shorms, estou satisfeito apenas com esses.

Diva fechou o rosto e saiu dali. Sua pele azul, por alguns instantes, atingiu um tom fervente. Se havia alguém que não levava desaforo para casa, esse alguém era ela.

— Nem ouse reclamar — Pipo disse no comunicador. — Somos mamíferos, eles não entendem nossas expressões faciais. Sorrir pode ser o mesmo que arreganhar as presas pra um ataque.

— Eu não posso sorrir, mas olha a cara desses idiotas... *Shorms, senhora?* — A crocodiliana aceitou, depois disso Diva continuou circulando e reclamando para Pipo:

— Esses imbecis têm os dentes aparecendo mesmo de boca fechada, nem tentam esconder. E sou eu que sou a hostil?

— Shhhh! Sim, está sendo hostil. *Shorms, senhor? De nada.* Diva, fica fria. O programa está em 80%, aguenta mais um pouco. Depois desse roubo vamos contar os créditos, ir pra um bar entornar licor de Omega Lux e comer o quanto de frango terrano conseguirmos. Só aguenta um tantinho mais, por favor!

— Fácil dizer, já que não está com os glúteos tomando ventinho nesta saia minúscula. Malditos trajes sexistas. Quem foi o gênio que teve essa ideia?

— Culpado — Pipo disse, aos risinhos. — Por que acha que escolhi vestir o uniforme de garçons crocodilianos?

— Cara, você não presta. Tudo isso pra ver minha bunda. Selma, ouviu isso?

— Eu não sei de nada, estou na minha aqui, vocês que são zeemeeanos que se entendam. Entre os terranos, mostrar pele não é grande tabu hoje em dia.

— Ah, achei que ia ficar do meu lado, valeu. *Shorm, senhora? De nada.*

— Eu estaria do seu lado se soubesse que não é teatrinho. Você adora que o Pipo fique te dando atenção. Por mais nojento e descarado que ele seja.

— Ela não resiste aos meus encantos, Selma. Modéstia à parte, o Pipão aqui entende das coisas.

— Está bem, pombinhos, estou me aproximando em camuflagem. Assim que vocês desativarem o raio de detecção de espaçonaves, eu entro na posição que me indicarem.

A bandeja de Diva se esvaziou e ela precisou voltar à cozinha para pegar uma cheia. Retornando ao salão das piscinas dos crocodilos, perguntou:

— A que altura anda o mapeamento da nave, Pipo?

— Não falta muito. *Shorm, senhor? Que nada, estou aqui para isso.* Está em 96% do processo, mas, mesmo depois de 100% mapeado, vou ter que ver onde está a sala de segurança e o depósito do cruzador. Preciso liberar uma porta de descarregamento pra Selma usar o raio trator, ou vamos ser pegos no pulo.

— Caramba, Pipo. Achei que isso aqui ia ser mais divertido!

— Você assiste demais os filmes terranos da Selma. A vida real não é tão frenética assim. E está vendo os gêneros errados. Espionagem seria o tema ideal para essa missão. Aliás, foi você que veio de enxerida, eu te disse que Gilgar e eu daríamos conta disso tranquilo. Não tenho culpa que mandou ele ficar no cargueiro.

— Enxerida? Eu que sou a capitã dos Piratas da Diva. E vejam só, eu sou a Diva, não é curioso? *Ah, shorm, senhor? Fico feliz em ser útil.* Afinal, nem sei o que vamos roubar aqui.

— O que for útil — Selma interveio. — Armas, munições, joias, comida. Pode ser couro animal, explosivos ou combustível. O que importa é ter produto e matéria-prima rara, aí a gente vende para quem quiser comprar e o faz-me rir cai na conta. Vai dizer que não quer um pistolete de energia novo?

— Um só é pouco! *Shorm, senhora? De nada.* E aí, Pipo, 100%?

— Sim, 100%. Vou pra um ambiente privado holografar a planta e te enviar via imagem neurológica; mas, por enquanto, continue com as bandejas.

— Droga, por que é que o Pipo fica com as partes divertidas?

— Minha mãe sempre disse que o estudo era importante. Agora a compreendo completamente. Se eu fosse burra, teria que ficar à mercê das sugestões de um idiota — disse Selma.

— Eia! — Diva reclamou. — *Ah, shorm, senhor? Meu trabalho é ser útil.*

— Diva, pronto, o depósito não é muito longe daqui. Estamos na ala C-3, o depósito está na B-9. Selma, está me ouvindo?

— Estou, sim, Pipo. Manda a boa.

— A boa é que você vai ter espaço pra usar o raio trator na ala da D-1. Vou te enviar a planta do cruzador. Ainda assim, espere pra adentrar a zona de detecção, ou o alarme dispara e Diva e eu viraremos comida de crocodilianos. Vou ter que desativar os escudos e os alarmes dessas áreas e fazer uma reprodução repetente pra que o cruzador acredite que nada está fora do normal. E eu não sou idiota, sua idiota.

— Beleza. — Selma gargalhou. — 'xá comigo!

— Certo, capitã — Pipo disse para Diva. — Agora é hora de largar essa bandeja de shorms e ir para a C-3 limpar caminho até a D-1. Vamos ter que comprimir o máximo de itens que conseguirmos nas cápsulas de nanotransporte e as depositar na zona de descarga pra Selma levar pro cargueiro.

— Ah, então vou poder matar alguém!

— Vai, mas, por favor, em silêncio!

— Aff! Selma, já contatou o Gilgar e os outros no cargueiro? Deixe-os esperando pra armazenar os espólios num lugar seguro.

— Já fiz isso, capitã. Estamos aguardando a ação de vocês e... Ah, não... Não, não!

— O que houve, Selma?

— Capitã, Pipo, vocês precisam sair daí...

— Hã?

— Um bagulho muito ruim acabou de acontecer, uma coisa terrível!

— O que houve, Selma? — Diva preocupou-se. Pipo estava compenetrado hackeando os comandos da nave com um verme cibernético; a criptografia de um cruzador de gala nunca havia sido tão fácil de se burlar. — É muito grave?

— O cargueiro... Gilgar... eles...

— "Eles" o quê, Selma?

Então a explosão, a despressurização, o pânico. O colossal cruzador de gala se partiu em dois.

Não muito antes da explosão, a oito quadrantes de distância, um crocodiliano de Thod, tão silencioso quanto a sua couraça permitia, havia entrado numa nave inimiga. A armadura que utilizava, além de pesada, brilhava como um espelho nas luzes do território adversário. Rauzek era o melhor thodiano para efetuar o trabalho, pois detinha o poder da gema esverdeada. A pedra atraía-se por sua contraparte, a joia vermelha. Ele temia a fúria da pedra-irmã e de quem a estivesse vestindo. As gemas de Thod precisavam de um hospedeiro compatível com sua força para emprestar a energia, caso contrário, o tolo que tentasse usar da titânica mágica daquelas pedras sofreria de uma dor insuportável que levaria o mais poderoso dos deuses galácticos ao óbito. Rauzek se perguntava se os akworianos seriam capazes de domar o poder da gema avermelhada. E achava que sim; eram criaturas superiores aos crocodilianos. Os akworianos ascenderam dos oceanos de suas luas às estrelas e chegaram ao ponto de invadirem Thod para roubar a gema de seu guardião, que era o usuário da esverdeada. Conseguiram tomá-la num roubo surpresa, um furto tão bem efetuado que Rauzek por pouco não se deu conta do que estava acontecendo. Não fosse a vibração frenética da gema verde cravejada em seu peito, o poder simbiótico que ele portava de muitas eras atrás, não teria dado tempo de se infiltrar na nave-aquário inimiga.

Rauzek sentiu a confusão da joia esverdeada trepidar no peito, uma vibração doída e de enlouquecer os sentidos. *Devem estar movendo a gema vermelha pela nave*, pensou, ou (imaginou em horror repentino) que estariam sacrificando akworianos para chegar a alguém capaz de portar o poder da pedra furtada. *Não se importam com qual deles ficará o poder da gema. É crucial apenas que seja um akworiano. Se for peixe, anfíbio, crustáceo, tanto faz.* Então apressou o nado naquelas águas estranhas, um habitat replicado às criaturas de Akwor. E era difícil nadar ali, muito, pois a dor entorpecia os seus sentidos. Não saberia dizer se seria capaz de usar do poder da gema esverdeada nas condições em que se encontrava: estava fraco, com a respiração ofegante, e a gema avermelhada emitia um poder opressor que ele nunca sentira.

Rauzek nunca deixara o poder subir à cabeça. Era, sim, o Deus-Rei de Thod, mas também o guardião daquele povo, pois sabia da ganância que sua gema esverdeada causava em corações impuros. Muitos vieram para tomar o poder da joia vermelha — de lugares distintos da galáxia, quiçá universos e dimensões paralelas —, modo de se fazer mais poderoso que o próprio Rauzek. Por isso, quando forasteiros malignos tentavam roubar a avermelhada, precisava estar ao lado do inibidor da joia para protegê-la com a poder da pedra-irmã. Poder este capaz de armar o Deus-Rei dos crocodilianos com força e resistência extraordinária contra qualquer criatura rival que se autoproclamasse rei ou deus de onde veio. Às vezes, os próprios thodianos tentavam revoluções para tirar a gema da proteção de Rauzek, um ato estapafúrdio que não tolerava dos protegidos. E punia os revolucionários com torturas aplicadas publicamente como modo de mostrar aos thodianos o que acontecia se sucumbissem à ganância de seus corações. Então poucos tentavam possuir a avermelhada, mas muitos tentavam destituí-lo do cargo de guardião da gema vermelha. Diziam que ninguém jamais havia pedido segurança a Rauzek, que não era obrigado a estar ali para guardar a joia que nada lhe dizia respeito. Afinal, ele havia se fundido com a verde, a sua pedra era garantida. Por que cobiçar as duas?

— Se está aí, é porque tem medo que alguém se torne mais poderoso que você. Não passa de um covarde, "Deus-Rei" — dissera um tolo que pagara com a vida por ter lhe dito verdades cruas demais. Agora Rauzek estava ali, na nave akworiana, temendo o poder dos forasteiros. Thod, por mais ingrata que fosse, sabia do perigo de ter a gema vermelha roubada, principalmente pelas criaturas de Akwor, inimigos mortais dos crocodilianos. Inimigos que mesmo não tendo o poder das pedras eram muito perigosos de se enfrentar; e se então obtivessem o poder da avermelhada, uma guerra caótica entre os dois povos teria início.

Navegou às sombras de dejetos e algas daquelas águas agridoces. Rauzek sentia-se péssimo por estar num ambiente desfavorável e sem o completo poder de sua joia. Se a gema esverdeada estivesse bem, sem interferência da pedra-irmã, ele poderia ignorar a camuflagem e ir direto ao que interessava. Seria um ser onipotente, de couraça impenetrável, ágil, forte. Quebraria a nave-aquário inteira, deixaria os akworianos à deriva no sideral sem remorso algum. Tomaria a avermelhada dos destroços e voltaria para Thod nadando pelo espaço por si próprio. Mas era incapaz, e isso o frustrava demasiadamente.

Preciso me apressar, pensou, *ou pode ser mesmo que algum desses peixes desgraçados consiga domar a gema.*

Rauzek navegou tanto a esmo, desviando de visão inimiga, tomando extremo cuidado em não ser visto, que se perdeu entre os túneis subaquáticos da nave-aquário. Eram caminhos tortuosos que iam para cima e baixo, esquerda e direita, sem nenhum tipo de lógica. E não queria se atrever a respirar naquela água cristalina bizarra, por isso avançou devagar, tomando cuidado para que a distinta silhueta de sua armadura crocodiliana não fosse vista por um inimigo.

Navegou por tanto tempo sem rumo, sentindo o impacto opressor da gema avermelhada, que perdeu a razão e tomou rumos ainda mais aleatórios. Encontrou o núcleo da nave-aquário, uma esfera de energia subaquática envolta de um vitral oblíquo, denso e reforçado, que não quebrava por mais força que Rauzek botasse nos punhos.

Mas é certo tirar a nave da rota?

Seria arriscado, todavia ponderou ser uma boa escolha. Se não houvesse ninguém na sintonia da gema avermelhada dentro da nave-aquário, então seria bom prevenir que nenhum akworiano retornasse ao seu lar.

Tomou impulso de baixo d'água. Se estivesse em uma superfície, com terra ou lodo sob os pés, teria mais firmeza e potência nos golpes. A água diminuía a sua força natural, da qual agora dependia muito, pois não podia contar com a gema esverdeada para lhe prover poder. Arremeteu-se em direção do núcleo três vezes só para conseguir trincar o cristal, mais oito vezes para rompê-lo de vez. Tinha os punhos em sangue e os espinhos da cauda tortos de tanto golpear a proteção do núcleo. Ainda assim, achou fácil. Devia haver seguranças ali, alguém para impedir um possível invasor. Talvez estivessem sendo testados um por um para descobrir se entre eles existia um receptáculo para a joia vermelha.

Rauzek enfiou o punho no núcleo da nave-aquário sem medo de se ferir. Puxou-a dali e as luzes vivas da nave simplesmente apagaram. Lâmpadas de emergência acenderam-se e houve um deslocamento abrupto da gema avermelhada dentro da nave. Rauzek levou a mão ao centro do peito e sibilou. Saiu de debaixo d'água para respirar e percebeu que *não havia* oxigênio. Ele se engasgou, pois havia muito estava debaixo d'água, um feito e tanto para pulmões crocodilianos. Mergulhou desesperadamente para retornar o núcleo ao lugar onde devia ficar e apertou-a tão forte entre as mãos que fê-la trincar e nem percebeu. Quando depositou o núcleo de volta ao energizador, a nave reacendeu, mas, de imediato, enlouqueceu. Luzes piscavam amarelo e azul: mal funcionamento, bom funcionamento. Rauzek encarou isso com estupefação. *O que foi que eu fiz?*

Subiu até a margem curta do aquário e respirou com profundidade. *Ah, como é bom o oxigênio!* Era bom, sim, mas ainda se sentia oprimido pelo poder da gema-irmã, que, aliás, aproximava-se cada vez mais. Sentia isso. Viu de repente, por várias saídas de túneis que davam para o núcleo da nave-aquário, os inimigos cercando-o com piques, tridentes e tesourões. A vermelha o oprimia, era a irmã bonita. A que, se pudesse ter escolhido a posse, ele teria escolhido.

Então se fez presente o tolo que portava a pedra avermelhada. Um peixe morto, mas ao mesmo tempo vivo — a joia controlando as funções motoras. E Rauzek dava graças por isso ter acontecido, pois foi uma *quase* sintonia, de efeito que matou o hospedeiro, mas a avermelhada não abandonaria a carne sem intervenção externa. Era possível que o cardume inteiro que o rodeava pensasse que o portador da vermelha estivesse no controle, e não morto, mas Rauzek sabia da verdade: dava para ver nos olhos podres do peixe que ele não estava nada no comando. A gema avermelhada só estava ali guiando o peixe-morto porque foi atraída pela esverdeada, e isso era muito conveniente.

Rauzek ignorou todos os inimigos e partiu direto para o peixe-morto. Muitos piques, tridentes e tesourões foram arremessados e arremetidos, porém foram repelidos facilmente. Ademais, os peixes, sapos e crustáceos não eram bons guerreiros. A tecnologia dos akworianos era estupenda. Mesmo Rauzek, um thodiano, admitia isso. Contudo, guerreiros terríveis; eram lentos, fracos e hesitantes. Coisa que numa batalha não se pode ser de jeito nenhum. Rauzek, mesmo não estando em seu melhor, conseguiu envolver o peixe-morto no braço — que não respondeu ao movimento com violência, só se deixou levar — e fugiu pelo túnel d'água por onde o "portador da avermelhada" surgiu. Rauzek terminou o corredor numa sala de comando, uma margem terrosa com tecnologias de bolhas e folhas guiadas por anfíbios desesperados.

Ignoraram o crocodiliano.

Andou com o peixe-morto sob o braço e sentiu uma coisa ainda pior no coração, uma sensação de desamparo e incredulidade. A nave-aquário estava em hipervelocidade descontrolada. Azul, amarelo; azul, amarelo. Avançavam por gargantas espaciais, deixando rastros de água pelos quadrantes que cruzavam. Rauzek nada podia fazer que não olhar os sapos e rãs tentando conter a loucura da nave-aquário, que logo deu-se lateralmente com um cargueiro zeemeeano camuflado, atravessou-o e colidiu com um cruzador de gala, dividindo-o em dois e causando uma das maiores tragédias intergalácticas já vistas na história.

A inevitabilidade de ser jogada no cosmos fez-se presente quando um frio quase instantâneo o acometeu de súbito. Pipo ativou a roupa de luz-sólida, que lhe serviria como um traje espacial, e foi compelido a derivar pelos destroços do cruzador de gala. Diva fez do mesmo, mas ficou presa em placas de metal. Gritava agudamente enquanto a explosão subia o corredor e aquecia os destroços como uma grelha. Isso sem contar a força gravitacional que sugava tudo e todos de dentro da nave para o espaço.

Pipo gritava, ela gritava, criaturas das mais distintas espécies gritavam ao passar zunindo por Diva antes de ir parar no sideral, mas ninguém se fazia ouvir em meio ao caos de destroços e fogo. Contudo, dentre tanta confusão, algo chamou a atenção da zeemeeana: uma gema vermelha imensa, do tamanho de um melão terrano, travou em ferragens numa distância não muito grande de onde ela estava. Mesmo numa situação extrema, unicamente salva por uma roupa de luz-sólida projetada por Pipo, sentiu a tentação de possuir o objeto. Ademais, não podiam sair de mãos abanando, não quando Gilgar e o resto da tripulação faleceram naquela tragédia ainda em andamento.

— Diva! Pipo! Cadê vocês? Estão bem? Falem comigo, não me deixem nervosa! Estou bem, não fui pega na explosão. Onde estão? Digam alguma coisa!

— Selma? Selma!

— Pipo?

— Eu estou bem, só que à deriva. Em algum lugar dos destroços. Vai me achar pelo brilho da luz-sólida. E a Diva? Cadê ela?

— Não sei onde ela está...

— Diva, é o Pipo, fala comigo!

As explosões ainda aconteciam, mas Diva ouvia os amigos. No entanto, estava compenetrada em não ser sugada para o espaço e alcançar a gema. Precisava esticar-se, pegá-la e sentir sua força... então a tocou com a ponta dos dedos e a joia vermelha obteve o contato de uma nova vida. A zeemeeana se sentiu poderosa, absorvida pelo poder simbiótico de proporções incomensuráveis.

Outra explosão aconteceu, a gema afastou-se no espaço, Diva encarou a pedra de poder ser sugada para algum ponto indiscernível do vazio, e o que ficou da sensação apoteótica foi uma terrível ressaca, um sentimento de algo bom que passou, como um beijo forte do amado, a saudade de um ente querido que morreu. Com isso, ela se soltou e deixou-se derivar. Uma sábia decisão, pois, em não muito, o cruzador detonou surdamente e emitiu uma onda propulsora, arremessando tudo e todos para mais longe ainda no espaço sideral.

— Pipo! Pipo! — Selma disse. — Eu te achei, fica parado, eu te achei! — Usou o raio trator da Andorinha para abduzir Pipo, um zeemeeano trajando luz-sólida dentre um apocalipse de ferragens, destroços e muitos e muitos cadáveres.

— Ah, que bom, que bom que me achou... Pensei que fosse morrer, Selma. Mas a Diva ainda está por aí, acho que ela morreu. Nossa capitã, nossa tripulação. Todos mortos por causa de um roubo fracassado...

— Eu não estou morta — uma voz fraca chiou na chamada auricular.

— *Diva*? — ambos disseram simultaneamente. Pipo já estava dentro da Andorinha, em segurança, ao lado de Selma.

— Eu encontrei algo especial... uma gema... senti uma coisa... uma força divina tocar meu coração...

— Onde você está? — Selma perguntou. — Vou te trazer para a Andorinha...

— Não, ainda não. A gema está por aqui, eu a quero, ela me quer. Somos perfeitas uma para a outra. Ela me completa, me preenche, me transborda.

Diva então viu a pedra, vermelha e divina dentre morte, tragédia e destruição. Em uma roupa de luz-sólida, ela rodava e rodava, via as estrelas rodopiando. Enxergava o planeta Ogar e as luas Narzothed e Aquizag sob os destroços do cruzador de gala.

— Vou até ela, está bem ali, eu posso vê-la — Diva disse. — Se eu me esforçar, posso tê-la de novo.

— Escute minha voz, Diva. Sou eu, Pipo, venha para a luz. Acenda os faróis, Selma. Emita uma luz bem forte. — Selma fez como sugerido. — Está nos vendo, Diva? Venha para a luz!

— A gema, eu quero a gema...

— Não adianta, Pipo, ela está obcecada por seja o que for isso...

Diva assustou-se ao observar um crocodiliano imenso parar diante da pedra vermelha, uma criatura imponente (embora letalmente ferido), tomando-a para si.

— Ela é minha! — Diva usou um pedaço de ferragem para se arremessar em direção ao crocodiliano, mesmo que ainda estivesse rodando. Trombou na armadura espinhosa do inimigo e ambos giraram no sideral. A joia avermelhada subiu e ricocheteou nos destroços.

— Tola! — disse o crocodiliano. — Não sabes o que diz nem o que faz. A gema é muito mais poderosa que tu, muito mais que eu. Não ouse tocá-la! Não ouse ou morrerá.

Ele ignorou a zeemeeana e nadou no espaço para alcançar a pedra avermelhada. Diva previu o movimento e se dependurou na cauda do crocodiliano, que, afrontado pelo toque ousado na parte mais honrosa de sua espécie, decidiu atacar a adversária. Na Andorinha, Pipo avistou o brilho do traje de luz-sólida de Diva na escuridão; também viu o inimigo e a gema. O crocodiliano agarrou a zeemeeana pelo pescoço e, ela, tentando ignorar sua agressão e seduzida pela gema, esticou a mão inutilmente para obter outra vez a sensação inigualável que tivera.

— Dispara, Selma, dispara nele! — Pipo esmurrou o painel de comando, modo de se fazer ouvido.

— Não! Se eu disparar nele, posso acertar a Diva!

— O crocodiliano vai matá-la, não podemos só ficar observando!

Selma teve uma ideia.

— Não, nós não precisamos...

Pipo não entendeu de imediato o que Selma quis dizer, mas compreendeu quando ela apontou as metralhadoras da Andorinha na direção da pedra avermelhada. Diva não parava de dizer que queria a gema, e o estranho crocodiliano parecia igualmente interessado no objeto, além de que, no centro de seu peito, ele trazia outra joia de um brilho bizarro, um tom de verde espectral e fantasmagórico.

Selma acionou os disparadores e saraivou a gema vermelha com uma rajada de luz branca. Tanto Diva quanto o thodiano assustaram-se ao ver a chuva de energia alvejando a pedra, mas o que mais se afetou foi o crocodiliano, porque sentiu dores lancinantes que o fizeram encolher-se em si mesmo. Diva viu-se livre do inimigo e o encarou sofrer a dura agonia de perseguir a gema em destruição; uma dor tão escancarada e tenebrosa que a trouxe de volta à realidade, pois se percebeu obcecada por um poder superior. Vendo a libertação de sua capitã, Selma aniquilou a gema vermelha com uma tempestade concentrada de disparos energéticos. Quando uma das pedras se foi, sua contraparte também partiu. E aquele que dominava o poder da esverdeada, minguou até a morte quando se viu absente do poder de sua joia divina.

Os disparos cessaram, Diva olhou para a Andorinha e sentiu vontade de chorar. Quase sucumbiu ao pecado, como a tal Eva das histórias bíblicas de Selma, que sucumbira ao pomo sagrado. O poder era tão tentador, mas tão corrupto. Quem logo obtém esquece o que um dia foi, os amigos que teve; torna-se um ser aquém da realidade que vivera, uma criatura vivendo num castelo de cartas que, em um simples suspiro, provoca sua destruição.

O raio trator abduziu Diva e, assim que se fez presente no interior da Andorinha, Pipo correu até ela para envolvê-la nos braços. Por fim, Selma se levantou e abraçou o casal, todos tendo lágrimas nos olhos. Perderam tudo: os amigos, bens pessoais, a garantia de voltar para casa. Estando onde estavam, não poderiam cruzar nenhum quadrante para retornar a alguma metrópole que lhes fosse amiga, não quando a Andorinha era uma simples nave de combate a curta distância. O que precisavam era de um núcleo capaz de produzir tração cósmica para tirá-los daquele pesadelo.

Olharam para Ogar, Narzothed e Aquizag: pareciam

lugares convidativos a serem explorados. Pipo achou que seria bom começar pelo mais próximo, Narzothed, e Selma pôs a nave a seguir o destino sugerido. Ambos estavam com uma terrível sensação de derrota e perda. Mas Diva não compartilhava deste sentimento, pois readquiriu o valor da amizade, e nenhum tesouro poderia substituir isto. Podiam, sim, ter perdido bens e vidas, e, no entanto, ganharam força, carinho e determinação. Então eram fortes, o *power trio* que encheria as galáxias de tormento e risadas. O *power trio* que enfrentou o poder destrutivo das gemas de Thod e sobreviveu para contar a história.

Palavra de Honra

— Levante-se, Alteza — disse o conselheiro. — A hora chegou.

Hora para quê?, pensou Shaiaga.

Sentindo uma moleza no corpo, os olhos ardidos pelo sono interrompido, lutou para se desembrenhar do mundo dos sonhos. Deitada em sua cama, emaranhada em lençóis de boa qualidade, veio-lhe o terrível clique mental ao perceber o que tais palavras representavam.

— *Ele* morreu?

— Sim, foi encontrado caído em seu escritório. Falência do coração. Sabe o que acontece agora, não sabe?

— Minhas crianças estão bem? Sabem da morte do pai?

— Saberão pela manhã, não há necessidade de assustá-las durante a madrugada. Está pronta para ir?

— Não, não estou pronta! Quero ver meus filhos, não posso sair sem vê-los. E se eu nunca mais tiver a chance?

— É para isso que passará pelo teste, Majestade.

Nas sombras do quarto real, ela encarou o conselheiro do rei; um sujeitinho que pacientemente esperou a morte de Sua Alteza para saborear aquele momento com um luto fingido.

Shaiaga sentiu as palavras entalarem na garganta; nada do que pensou em dizer para refutá-lo ajudaria a sair daquela armadilha. Encarou a vaga silhueta do conselheiro na escuridão e segurou o impulso de sair correndo — ir até os filhos —, mas teria que passar por ele e por todo o reino. Ninguém a ajudaria a fugir para outro planeta; estava condenada ao pão e circo de Az, povo que adorava ver as lutas dos escravos na Grande Arena para passar o tempo, a fim de fugirem de sua realidade miserável onde a pobreza, a poluição marinha e a fome rugiam como bestas ferozes. E então, no evento do século, no qual a rainha estaria à prova para ser a última sobrevivente num jogo de assassinos profissionais, o povo esqueceria de seus problemas para contemplar a batalha de uma nobre desesperada.

— É a tradição, Alteza — ele disse. — Sei o que está pensando, mas garanto que será muito mais pacífico se seguir os costumes. O povo anseia por isso: é o espetáculo que toda geração de azianos quer ver, e garantirei bons lucros ao reino.

Você não pode me assassinar, não é, seu bastardo? A Federação de Justiça Intergaláctica é muito boa em examinar os detalhes. Isso cairia sobre você; meus filhos ainda assim seriam os herdeiros reais. Mas se eu for para a arena e lá morrer...

— Vamos, Alteza — o conselheiro disse. Enquanto ele falava, Shaiaga procurava o punhal oculto debaixo do colchão de sua cama. — Será pacífico ou pela força?

Empunhando a lâmina, Shaiaga avançou em direção do conselheiro que, muito ágil, sacou uma pistola com dardos tranquilizantes e a acertou entre os ossos clavícula. Tonteando após a ferroada, a rainha olhou para baixo e viu a agulha cravada em sua carne. Enrolada em roupas de dormir, desabou no chão de pedra já anestesiada no impacto. Olhou para cima e viu o riso do sujeito em quem o rei mais confiara.

— Entrem! — o conselheiro disse para os guardas reais. — Ela resistiu, rapazes, não se assustem, precisei deixar as coisas mais controladas. Levem-na para a arena e comecem a divulgação para o evento da tradição.

Shaiaga acordou nos vestiários da arena. Em pânico, pôs-se de pé e fugiu para o canto mais isolado possível. Com dificuldade, controlou-se;

sentia uma tontura ainda pior que a do tranquilizante, uma confusão desesperadora. Queria pedir um médico, mas, ali, ela não teria tratamento especial por ser rainha; a batalha por sua sobrevivência começava antes mesmo do combate. Se morresse pela intimidação não oficial da arena, só confirmaria que era inapta a governar, isso de acordo a com tradição aziana. E a tradição aziana dizia que a rainha precisava triunfar na Grande Arena para mostrar força e tenacidade, a qual usaria na criação dos filhos, pois ninguém confiaria ou seguiria a prole de uma fêmea fraca. Uma vez que a rainha permanecesse viva, acreditariam cegamente que os herdeiros seriam bem criados.

Voltou os olhos para os que a encaravam e se viu rodeada por mercenários e caçadores de recompensas das mais distintas raças intergalácticas. Shaiaga era um saco de tesouro ambulante para todos os lutadores, pois, quem a matasse durante o combate na arena ganharia um prêmio à parte e não precisaria seguir até a batalha final. Havia um prêmio para quem vencesse, obviamente: os escravos ganhariam direito a alforria; os estrangeiros, um bom valor em dinheiro.

Ouvia as vozes lá fora, nas arquibancadas da arena, os gritos que ansiavam a batalha que estava por acontecer. Shaiaga muitas vezes estivera entre o público, na zona da realeza, bem protegida, assistindo às barbáries cometidas entre espécies intergalácticas e xenofóbicas. Nunca havia sido fã de violência, embora tivesse sido lecionada nas artes do combate a pedido do rei, o qual ela muito amava. Na época sentira-se humilhada — afinal, nem o soberano supremo de Az garantia segurança plena à sua rainha e filhos. Então treinara muito, e agora, forçada a lutar, lembrava-se do sofrimento que passara nos primeiros anos de treinamento. Treinara à exaustão.

O rei não tinha como me proteger, pensou Shaiaga. *Ele mal conseguia reger um planetoide. E, agora, a ironia é tanta que eu, a rainha, estou aqui, no evento do século, sendo protagonista de um absurdo.*

Shaiaga olhava para os mercenários ao redor, gente que estava ali pelo prêmio por sua cabeça ou pela glória do cinturão. Em outra ala, através das grades, escravos encaravam a rainha do reinado que os colocou nas correntes, embora fosse regente dos bastidores, porque quem reinava num reino com um rei vivo era sem dúvida o rei. Ela nada fez para pô-los ali; ainda assim, ressentiam-se, nutriam ódio em olhares enraivecidos. *O que eu não daria por um abraço nos meus filhos agora!* Derramou lágrimas de sal por suas bochechas de pele rosada: não sentiriam pena dela, embora não chorasse para provocar o sentimento. As lágrimas foram uma força da natureza, e o que tinha preso no peito era uma terrível sensação de impotência. Como matar tanta gente para voltar à vida que tinha antes?

Os gritos nas arquibancadas se intensificaram: o narrador começava a anunciar o início do evento para os espectadores. A voz do sujeito, bem articulada e cadenciada, subia e descia de tom, provocando ondas de empolgação em uma população sedenta por sangue. Olhou, então, para si mesma: ainda vestia suas roupas de dormir de seda terrana, um tecido muito mais caro que qualquer coisa que os mercenários ou escravos ao redor trajavam. *Preciso pôr uma roupa de combate*, pensou, *e escolher uma arma*. Dirigiu-se ao arsenal, e os olhos inimigos a acompanharam. Ali havia reptilianos, insectoides, tentaculares, anfíbios, crustáceos, humanoides e mais várias distintas raças. Ela andou entre eles sentindo a pele gelada, apesar de Az ser um planeta quente e praiano.

— Terão a chance de vocês na arena! — ela ergueu a voz, carrancuda.

As risadas caíram sobre o ambiente, os assovios também. Sentia-se diminuída sob tanta troça. Uma zeemeeana parou ao seu lado no arsenal e sorriu. Shaiaga ofegou diante da presença feminina, pois esta era muito maior, entroncada nos ombros e braços. Era musculosa nas pernas e abdômen, e, bem, tão *azul*! A fêmea zeemeeana tinha os cabelos negros puxados para trás em um coque, uma maquiagem em branco atravessada nos olhos e um sorriso selvagem que mostrava confiança excessiva.

— Me chamo Diva, cara rainha. Muito prazer.

— Dane-se! — Virou-se para as armaduras e começou a digitar no painel dos vitrais de exposição. Precisava-se de crédito de batalha para adquirir armaduras e armas, mas os créditos só se adquiriam matando inimigos. Na segunda etapa da luta, os lutadores teriam pontos para trocar nas máquinas, melhorando o armamento. Do zero, só podiam pegar porretes ou escudos (um ou outro), além de vestuários nada protetivos.

Shaiaga pegou um escudo simples, um par de sandálias, um elmo e um maiô negro para a primeira rodada, ainda sentindo a presença de todos os olhos em suas costas. A zeemeeana a encarava de perto.

— Quer uma dica? — disse Diva. — Amarre seus cabelos para trás e não use elmo. É o que querem que você faça, mas terá a visão prejudicada. Veja as crocodilianas, anfíbias e humanoides. — Apontou com um movimento do queixo. — Elas estão enjaulando a si mesmas. Algumas delas acham que o elmo é protetor, mas não é; é pesado demais para virar a cabeça. Numa arena de cem guerreiros, um segundo perdido é fatal. E veja as que não usam elmo, elas não prendem nem o cabelo! Querem mostrar seus penteados como um cocar. Erro grave. Eu olho para você e vejo uma fêmea miúda, de dreadlocks, altiva. Chama muita atenção. Todos, sem exceção, querem matá-la. Sugiro que corte o cabelo ou o amarre, vai te fazer durar um pouco mais em batalha.

— Por que eu faria isso? Por que eu confiaria em você?

— A graça é essa, cara rainha, você não pode confiar em ninguém! — Diva andou até as máquinas e pegou uma vestimenta de combate e um porrete. — Se confiar, é por sua conta e risco! — E virou-se, trovejando uma risada.

Então estava ali, a ar aberto, sendo observada por centenas de milhares de azianos e estrangeiros. Acabou aceitando a sugestão da zeemeeana e prendeu os dreadlocks em um coque. Vestia o maiô negro e suava muito: a estrela-mor de Az ardia a pino. Imaginou-se num banho de mar limpo, sentindo a salinidade das algas correndo sua pele. Queria a presença dos filhos, o sorriso do falecido marido. Queria.

A Grande Arena se estendia circular, gigantesca demais para que o público conseguisse assistir às pessoas de perto, com detalhes. Por isso, telões eram instalados em todas as curvas do estádio; e o estado transmitiria a matança ao vivo aos amantes da carnificina. Câmeras eram postas em drones, que sobrevoavam e adentravam a arena em todos os ângulos possíveis, televisionando em grande qualidade de áudio e imagem para os canais de transmissão. Para aquecer o espetáculo, um narrador agitava e incitava o público a torcer, a participar do evento com entusiasmo.

— A primeira etapa da batalha, caros espectadores, ocorrerá da seguinte forma: a Grande Arena será dividida em grades por três partes, grupos organizados por sorteio, formando o A, o B, e o C. Mas nada impede que um combatente pule o cercado para atacar outro grupo. — As câmeras focaram repentinamente em Shaiaga, como se sugerindo um bom motivo para pularem as grades. Ao verem a imagem da rainha nos telões, os espectadores começaram a jogar comida e lixo no estádio, uivando, esbravejando, vaiando. — Os combatentes terão que se manter de pé por cinco minutos. Os que sobrarem irão para a próxima fase. Os que fizerem a proeza de ficar sozinhos numa das três zonas, tendo matado alguém ou não, fugindo ou não, por um segundo que seja, estará apto a sair do conflito e poderá prosseguir para a próxima etapa com 100 créditos de combate em seu perfil. Ah, e claro! Os créditos! Para cada morte executada, 10 pontos de batalha serão creditados nos nomes dos participantes para melhorias na próxima etapa. O que será que eles comprarão? Armaduras completas? Espadas de energia? Veremos! Que comece a batalha!

A entrada para o centro da Grande Arena deu-se início. Cem participantes vieram um depois do outro, acotovelando-se, empurrando-se, alguns dando jeito de ficar o mais próximo possível da zona B, que era onde Shaiaga havia ficado. Poeira se ergueu no ar, criando uma névoa com as passadas de tanta gente. A estrela-mor de Az castigava, suor escorria pelo semblante dos combatentes e dos espectadores. Longe, porém, na câmara protegida da realeza, a rainha viu seus filhos; eles estavam bem arrumados, sentadinhos e comportados, mas tinham os olhos chorosos e cheios de lágrimas. Soube disso porque, com a incapacidade dos drones de filmar os lutadores na arena empoeirada, as câmeras se viraram para os telespectadores na ala da realeza. Junto do príncipe e princesa, estava o conselheiro, o sujeito que ansiava ver a rainha morta. Shaiaga rosnou e bateu com a mão no tampo de seu escudo, e, observada por dezenas de inimigos, com sua expressão de raiva, foi capaz de intimidar alguns.

Mamãe está bem, crianças. Logo volto para vocês. Juro pelo mar!

Quando a poeira baixou, os combatentes olharam para os lados, visando quem seria o seu primeiro alvo, escolhendo quem lhes parecia ser o inimigo mais fácil de lidar. Muitos olhos iam e vinham, giravam, procuravam. Praticamente todos os concorrentes eram brucutus, entre os quais se encontravam mercenários, caçadores de recompensa, escravos, piratas e lutadores profissionais. Entre eles, o campeão da arena, o anfíbio que o narrador chamava de "Salamandra". Era negro e amarelo, imenso e fibroso, forte, de longe o maior indivíduo em estatura da arena. Ele caiu no grupo C. Shaiaga olhou ao redor e procurou pela zeemeeana e, no grupo A, encontrou-a — era alta e musculosa. A maquiagem branca cintilava à luz do sol. *É com esses dois que eu tenho que tomar cuidado,* percebeu. *Serão meus piores inimigos.*

O contador começou a correr. 30, 29, 28... no 1, todos já tinham seus escudos erguidos ou os porretes em riste. Sem querer estar ali, quando tudo começou, Shaiaga sentiu três ataques virem ao mesmo tempo. Três pancadas explodiram em seu escudo, e o braço esquerdo quase não aguentou. Ela gemeu de dor, o osso enviou uma fisgada aguda até a altura do cotovelo e ficou queimando. A rainha rolou para o lado, desviando, tentando sobreviver ao inferno de golpes desferidos. A maioria das investidas nem foi dirigida a ela, mas, por estar no fogo cruzado, quase fora tirada de jogo.

Enquanto isso, o narrador explodia em entusiasmo; o público ergueu uma vibração quando Shaiaga defendeu um golpe triplo e saiu de pé, desviando de tudo e todos, depois evitou o ataque de um anfíbio que a puxou pelo coque e atacou num ângulo estranho, que se ela não soubesse que era possível devido o treinamento de seu mestre de armas, um também anfíbio, teria sido pega de surpresa. Era um golpe de quebrar as pernas no meio, acertando as canelas com força, arrebentando-as como gravetos. Mas saltou e rodou no chão sobre o escudo e, quando de pé, enfiou um golpe na cabeça do inimigo, ganhando 10 créditos de combate ao perceber que trouxe os miolos da criatura junto do tampo de madeira.

Não tenho fôlego para isso. Me acomodei demais, não treinei o bastante! Teve um momento que a morte lhe pareceu certa, porque alguém a agarrou e a espremeu na grade que separava o grupo B do C. Quem a sobrepujava era um crocodiliano, com seu bafo de pântano e braços estranhamente curtos, porém firmes. Enforcava-a com muita pressão. Ela se debateu, esperneou, precisou abandonar o escudo, e, no momento que sentiu a visão escurecer, viu que um símio veio por trás do crocodiliano com um taco e desceu a madeira com toda a força na cabeça dele. Shaiaga pôde voltar a respirar, sentindo a aspereza de cada golfada, uma sensação agridoce que a levou a quase um nirvana, mas que terminou em uma série de tosses seguida de vômito.

Olhou para cima, e o símio vinha em sua direção. Ao redor, a batalha não havia diminuído a intensidade em nada. Contudo, percebeu, o tempo tinha voado. Normalmente sugerem que o tempo anda devagar em situações de terror, mas ali foi o contrário, e isso era uma benção. O símio ergueu o taco e desferiu uma paulada em Shaiaga, que, ainda de respiração doída, rolou no chão e viu o símio golpear a areia praiana de Az. A criatura pulou com agilidade sobre ela, que, de escudo erguido, conseguiu se defender no primeiro impacto, mas, no segundo ataque, nem precisou bloquear, porque Diva invadiu o lado B e pulou por cima dele. Ela tinha uma faca nas mãos e cortou a garganta da criatura de forma brutal, fazendo-o desabar ao lado de Shaiaga. *Onde ela arranjou essa faca?*, a rainha se perguntou. Depois disso, a zeemeeana embolou-se com um aziano que tentou acertá-la por trás, mas, após golpes bestiais (ataques frenéticos perfurando a barriga adversária), ela voltou-se para Shaiaga e a encarou com o sorriso esticado e as mãos e braços imundos de sangue. Trazia as tripas do morto nas mãos.

De repente, um grito de estupefação da plateia: o narrador berrou ao anunciar que na ala C restava um único participante de pé; este era um ser humanoide, para quem a porta de escape se abriu e uma vaga para a próxima fase foi assegurada, além dos 100 créditos de combate.

— O que será que ele comprará? — o narrador levantou a questão.

Contudo, Shaiaga não quis pensar nisso ou dar chance ao azar; na distração momentânea de Diva, correu para o lado oposto do grupo B, sentindo o coração mais leve ao se ver longe da zeemeeana. Mas se esforçou apenas para se deparar com Salamandra no outro lado da batalha. E, fugindo mais uma vez, Shaiaga colocou-se frente a frente com uma conterrânea; a inimiga veio com um porrete visando sua cabeça. Atacou, forte e ligeira, sem remorso em pensar que aquela ali era sua rainha. Shaiaga, porém, conseguiu desviar por pouco. Sentiu a madeira zunir ao lado de seu ouvido e, com um golpe chapado do tampo, derrubou a adversária e jogou-se por cima dela, desferindo movimentos cortantes e laterais com as bordas de aço do escudo. Mais 10 créditos de combate, 20 no total. Olhou para cima, viu o telão que mostrava os seus filhos observando-a na Grande Arena: o príncipe enterrava as mãos no rosto para não ver a mãe morrer; a princesa assistia a peleja sem perder nada, como se não acreditasse no quão fabulosa era sua mãe.

O tempo, por fim, acabou, e lá estavam as dezenas de cadáveres, os litros de sangue derramados. As aves carniceiras rondavam o céu e Shaiaga sentia o gosto de vômito na boca. Diva e Salamandra ainda viviam; teria que tomar cuidado com eles na próxima etapa.

A zeemeeana se aproximou e a ajudou a se pôr de pé.

— Lutou bem, rainha... para um saco de pancadas. Conseguiu até matar dois. Mas te aconselho a continuar nos escudos. Viu que teve um sujeito que ganhou 100 créditos de combate? Se meu palpite estiver correto, acho que ele vai comprar uma arma laser. Então, por que você não compra um campo de força refletor? Talvez te ajude a sobreviver uns minutos a mais. Afinal, você é a lanterninha.

Shaiaga olhou para o placar de pontos nos telões e, de todos os combatentes sobreviventes, ela era a que estava em última colocação. Portanto, fazia sentido o alerta da zeemeeana. O lutador dos 100 pontos devia ser muito bom, pois mesmo Salamandra não conseguira eliminar dez inimigos, enquanto Diva matara oito.

O intervalo não passou de um minuto, o que foi apenas o suficiente para a respiração voltar ao normal e Shaiaga comprar seu item nas máquinas do arsenal. Os lutadores retornaram para a arena pela mesma porta em que entraram, trajados em couro, cota de malha e placas de aço. Empunhavam espadas, maças, machados e se defendiam com escudos de liga de qan, megametal ou de luz. Shaiaga optou por seguir o conselho da zeemeeana, e seus 20 créditos de combate se foram. Tinha agora o escudo simples, o cinturão de campo de força refletor e um porrete que pilhara de um inimigo caído.

Quando a arena explodiu em gritos e assovios, o narrador apareceu na tela, junto de imagens dos combatentes no telão. Os guerreiros se uniram no centro do estádio, a estrela-mor ardendo, muitos feridos e a maioria exausta.

— A segunda etapa é simples: sobreviva! Os leões de Az, famintos e insaciáveis, virão ao encontro de suas vítimas. Atacarão tudo e todos, inclusive os da própria espécie. Façam suas apostas: quem serão os finalistas? Isso, é claro, se não morrerem todos nesta etapa!

Gritos, depois uma ovação para o atual campeão da arena, vencedor sete vezes consecutivas:

— Salamandra, Salamandra, Salamandra!

O anfíbio ergueu a gigantesca maça que havia comprado, andou com os dois braços erguidos e posou para o drone que planou diante dele para filmá-lo.

O contador começou a ticar: 30, 29, 28... no 1, todos já estavam de escudos erguidos ou de cinturões refletores ativados. Não demorou nada para que o humanoide que havia marcado 100 pontos na rodada anterior puxasse sua arma laser — como Diva dissera que ele faria — e começasse a distribuir rajadas de energia. Obviamente, Shaiaga foi a primeira a receber o disparo. E foi alvejada bem na cabeça! Não tivesse escutado o conselho da zeemeeana, teria morrido com o cérebro derretido, uma última imagem terrível para os olhos de seus filhos.

O atirador, apesar de ver que não matou Shaiaga, continuou a disparar nos outros combatentes; era uma situação muito injusta com os lutadores que não se atinaram a comprar escudos refletores, pois caíram na areia no primeiro contato da arma laser. E o atirador era bom no gatilho: três disparos por segundo, puxando o cão do revólver alienígena e o fazendo cuspir raios de luz. Ele ria, os combatentes caíam, a arena ia à loucura. De vinte e três lutadores restaram seis! Os únicos que se prepararam para a possibilidade do humanoide comprar a arma, protegiam-se com a eficiência de campos de força.

— Vejam só! — o narrador dizia, entre risos, impressionado. — A maioria caiu antes mesmo das feras saírem das jaulas. Vejam! Vejam!

Os leões avançaram em disparada de detrás das grades, atacando os seres vivos que se mexiam no centro da arena, que lutavam entre si para se defender dos ataques físicos dos que sobreviveram. Eram felinos ferozes, a juba farta e negra. Suas presas assemelhavam-se a navalhas de megametal, e eles tinham olhos sedentos por sangue do que quer se movesse na areia. Shaiaga precisou de muita destreza para se livrar dos golpes pesados da maça de Salamandra; afinal, ela tinha apenas um escudo simples, não resistiria a tanta força. Para sua sorte, um leão se acometeu por sobre o campeão e ela se viu livre da presença opressora do anfíbio. Então olhou ao redor: os leões caindo um atrás do outro, alguns lutadores azarados sendo devorados pelas poucas bestas que o humanoide errou, mas mesmo essas feras caíram por fim.

O atirador tinha tomado distância e disparava em tudo o que se mexesse; ainda assim, entre tanto esforço, não viu a faca de Diva ir voando em sua direção. A lâmina, que na verdade era uma lasca de escudo de ferro, atravessou certeira o olho esquerdo do humanoide. Ele caiu para trás, o dedo preso no gatilho, mas sem produzir nenhum disparo, uma vez que ele não movia o cão alienígena para liberar as rajadas de luz. Restou um leão que devorava um inimigo e, assim que Salamandra deu cabo dele, restaram os quatro finalistas: Shaiaga, Diva, um guerreiro serpentário e, claro, o próprio campeão.

A arena gritava entusiasmada, foi-lhes como assistir

a um boxeador levar o maior dos inimigos a um nocaute logo no primeiro round. Era mesmo o evento do ano!

Shaiaga, olhando para as pessoas no estádio, os rostos animados ao ver a morte e sofrimento alheio, ressentia-se. Por que era ela que tinha que estar ali, mostrando-se forte, quando um rei nunca passaria por isso? Era a tradição, dissera o conselheiro. Que mentira deslavada, pensava Shaiaga. A arena funcionava como um negócio, tal como a guerra. Qualquer guerra lucra — um fabricante de armas vende os arsenais para as nações combatentes e o dinheiro se acumula. Agora a situação não diferia muito. A entrada na arena era gratuita, a inscrição para ser combatente era livre, mas o dinheiro que os turistas deixavam ali, ah, isso, sim, fazia girar a economia aziana.

Shaiaga pilhou o corpo de uma morta, vestiu-se com cota de malha e, apesar de alguns dos quatro finalistas terem ganhado créditos de combate, nenhum deles voltou às compras: a pilhagem estava de bom tamanho.

De repente, paredões se fecharam ao redor deles, formando um ringue na areia; não houve ninguém para remover os corpos do chão, como acontecera com os cadáveres da primeira rodada.

Encarou novamente os filhos em sua sala protegida. Shaiaga encarou o conselheiro do rei e notou o jeito que o sorriso bobo do sujeitinho havia sumido depois de vê-la chegar à batalha final.

— Mamãe não vai deixar nada acontecer com vocês — Shaiaga disse para os filhos, embora eles não pudessem ouvi-la. — Juro!

Quando voltou seu olhar para os adversários, Diva a encarava.

— Não sabia que você tinha... filhos...

— Dois. Estão no telão.

— Ah, são bonitos. O que acontece com eles se você morrer?

— Se eu morrer serei considerada uma rainha fraca e, por causa disso, meus filhos serão considerados fracos também. O conselheiro real pode matá-los e se tornar o rei se quiser.

— Esse é o argumento mais estúpido que eu já ouvi.

— Eu sei.

— E quantas rainhas triunfaram antes de você?

Salamandra, que acompanhava de longe a conversa, interveio:

— De oitenta e nove rainhas lutadoras, apenas duas triunfaram. Muitos nobrezinhos morreram em seus berços, sufocados por travesseiros.

Shaiaga ofendeu-se com o comentário maldoso e não requisitado de Salamandra.

— Finalmente a última etapa! — o narrador bradou de repente. — Só pode restar um! Quem vencerá? A zeemeeana? A rainha em provação? O serpentário? O campeão? Façam suas apostas! Que a batalha final inicie!

O relógio passou a decrescer. 30, 29 e, enquanto isso, Diva sussurrou:

— Vou ajudá-la a sair dessa. Não gosto da política do seu planeta, e você, apesar de tudo, é forte. Estamos em pé de igualdade, afinal.

— Por que me ajudaria? Por que é que tem me ajudado até agora?

— Antes era porque eu fui com a sua cara, agora é porque eu me identifico com seus filhos. Eu cresci sem uma mãe, sabe? Ela não morreu, nem nada do tipo, ela só me ignorava, me chamava de fraca. Mas daí eu pensava: se sou fraca, é por sua culpa, pois sou sua filha. Só que olha pra mim, sou fortona! Nada tenho a ver com minha mãe. Posso ter vindo do seu útero, ter uma genética parecida, mas não sou igual a ela. Ela me ensinou o que não ser, já você é o exemplo do que ser. Você me parece forte, determinada; e quando olhou pros seus filhos no telão, senti o seu amor por eles. Eu valorizo esse tipo de relação. Queria ter tido esse carinho com ela. Ela não me amou, não me criou, nem se importou comigo. Chamo-a de mãe apenas pra me referir a ela e tudo mais, mas não a trato desse modo desde os meus oito anos de idade.

— Mas estamos na batalha final... só pode haver um vencedor...

— Se formos as duas últimas, eu me rendo.

— Tem certeza? Estou valendo muito dinheiro.

— Prefere morrer?

— Claro que não!

— Então, quando voltar a ser rainha, faça a bondade de me pagar um trocado. Meus amigos entre o público, Pipo e Selma, esperam que eu saia com alguma coisa disso. Tenho sua palavra de honra?

— Tem. E eu tenho a sua?

— Sim. Foque as costas do Salamandra, ele é grande e tem um ponto cego. Lembra o que eu falei sobre elmos?

— Dificulta a visão. E por acaso Salamandra veste um.

— Brutamonte ou não, ele não é o campeão sete vezes seguidas à toa.

Quando o tempo liberou para a batalha, ambas já estavam posicionadas para o ataque, mas, com uma subversão das expectativas, não foi contra Shaiaga nem Diva que Salamandra se direcionou; na verdade, contra-atacou a mordida do serpentário, que logo partiu para cima dele. Salamandra silvou alto quando as presas do inimigo entraram em sua única abertura pela placa de peito e, mesmo sentindo o veneno corrosivo invadir sua circulação sanguínea, usou de suas últimas forças para levar o inimigo ao óbito. Então, rápido assim, muitos apostadores ficaram furiosos ao ver que o cinturão de Salamandra se perdeu de uma maneira tão estúpida. Atacante e defensor caíram embrenhados um no outro: o anfíbio enfiando um punhal na nuca do réptil e o réptil com as presas bem fundas no anfíbio.

Shaiaga, vendo os dois inimigos fora de combate, sentiu finalmente que podia relaxar. Um alívio lhe correu o peito: seria uma das rainhas que conseguiu passar pela provação! *Sou a terceira a vencer, mas serei a última*, pensou. *Lutarei para abolir a escravidão e limpar os mares. Proibirei as arenas e darei emprego ao povo. Farei tudo o que os reis antigos deveriam ter feito!*

Mas olhou para Diva e Diva tinha um sorriso torto nos lábios. Ela jogava uma espada curta de uma mão para outra, e Shaiaga, mais uma vez percebendo o quanto era ingênua em confiar numa estranha, viu-se decepcionada.

— Nosso trato ainda vale, não é? Palavra de honra...

Diva deu de ombros e a atacou repentinamente, um golpe de espada que veio do alto. Shaiaga se defendeu e se firmou bem sobre os pés. O público vibrou, erguendo assobios. "Shaiaga, Shaiaga, Shaiaga!", eles gritavam. *Estão torcendo pela minha vitória!* Desferiu um golpe em Diva e a zeemeeana se defendeu e contra-atacou com um tapa de mão virada. Shaiaga recuou, sentindo o sangue vir profusamente de suas narinas e pingando lábio abaixo, fazendo-a enjoar com o gosto férreo na boca. A zeemeeana aproveitou a brecha para atacá-la mais uma vez e pulou sobre a aziana, que se defendeu com o escudo. Diva forçava o ataque e Shaiaga aguentava a defesa. A rainha sabia que no momento que fraquejasse estaria morta.

Diva disse de repente:

— Me dê uma cabeçada no nariz. Depois pule em cima de mim que eu me rendo.

— Quê?

— Eu tinha que fazer parecer convincente.

Então veio a cabeçada. Diva caiu na areia sentindo verdadeira dor pelo nariz lesionado e, quando Shaiaga montou-a e ergueu o escudo para enfiar a borda de metal na garganta da adversária, a zeemeeana apontou para um drone que pairava perto e gritou:

— Eu me rendo! Me rendo! A rainha ganhou, não quero morrer, me rendo!

Vaias vieram, também uma avalanche de protestos.

"Cabeça, cabeça, cabeça", eles ecoavam. Shaiaga saiu de cima de Diva e rosnou para um drone:

— Não! Ela se rendeu, eu venci! Estão mal-acostumados. Seu antigo campeão podia ser brutal, mas a sua atual campeã, que sou eu, serei misericordiosa. A guerreira não perece na primeira queda, a guerreira se levanta para vencer a batalha noutro dia!

Ela esperava vaias, contestação, mas recebeu silêncio. Shaiaga olhou para a zona nobre e viu os filhos vindo animados até ela. De soslaio, observou o conselheiro real escafedendo-se, bem como ela imaginou que aconteceria se vencesse a batalha final. *Não importa para onde ele fuja, eu venci. Ele jamais pisará em Az novamente, pois sabe que o matarei!*

O povo gritou e a ovacionou; o narrador anunciou a vitória de Shaiaga. Ela esperou os filhos de braços abertos, apertando-os quando chegaram.

— Eu amo tanto vocês! Muito, muito!

Procurou por Diva e, na borda da arquibancada, viu os amigos dela a xingando, dizendo que era só ter matado a rainha que estariam ricos, mas que, como sempre, ela tinha que improvisar!

— Diva! — Shaiaga a chamou. A zeemeeana voltou-se para a rainha, o nariz sujo de sangue. — Palavra de honra, lembra?

Diva sorriu e ergueu o punho bem alto.

— Palavra de honra!

A Cidade Púrpura

— É arriscado — Pipo disse.

A capitã sorriu; esperava ser contrariada.

— Por isso temos as armaduras.

— Inaor é a utopia desta galáxia, Diva. É um planeta que vive das plantas, coexiste com seus animais, se abastece de sua estrela-mor. Acha mesmo que esse povo não vai saber lidar com duas armaduras da Federação de Justiça?

Diva deu de ombros.

— Pessoal, decidam logo! Vou ou não vou para esse planeta? — Selma indagou, entediada diante dos manches da Andorinha. — Os inaorianos vão acabar percebendo uma nave na atmosfera deles e podem retaliar.

— É um planeta pacífico, Selma. E, por ser tão distante, não costumam ser atacados por piratas e ladrões.

— De onde tirou essa informação? — Pipo perguntou, surpreso com a afirmação de Diva. — Diga o nome do site ou jornal, tenho interesse em saber mais.

— Está bem, eu inventei! — O zeemeeano murchou ante a resposta. — Bora lá, gente. Uma zoeira, pelo amor... não aguento mais ficar sem fazer nada. Além disso, precisamos de grana. Esse planeta deve estar cheio de coisas boas de roubar.

— Bom, não nego isso, mas é arriscado — Pipo disse.

— Sempre é — Diva retrucou.

Selma olhou para o mecânico e, dando de ombros, aquiesceu à ideia da capitã. Depois disso, nenhuma palavra foi dita, não era necessário. A piloto do trio ativou o escudo antidetecção, adentrou o espaço aéreo do planeta Inaor — evitando serem rastreados por algum radar orbital ou em solo — e escolheu uma campina plana para o pouso da Andorinha, perto de um rio avermelhado que descia em cascata por um vale.

Diva apressou-se em ir às cargas da Andorinha para tirar a poeira das armaduras roubadas havia muito tempo. Selma pôs a nave em descanso e encarou o rosto de Pipo, contrariado pela ideia que achava ser estapafúrdia.

— Posso ir no seu lugar, se você não quiser usar a armadura — ela disse.

— Não quero pôr isso nos seus ombros. Eu vou.

— Ninguém é obrigado! — Diva gritou do compartimento de carga. — Posso ir sozinha.

— Até parece! — Pipo exclamou. — Se em dupla já vai ser dureza, por que acha que eu concordaria em deixar você sem suporte?

— Porque eu sou a capitã e estou dizendo que *não precisa!*

— Que saco! Não briguem por besteira! — Selma foi ao compartimento de carga e apertou os botões da caixa de proteção da armadura de poder. — Se for pra acabar com essas alfinetadinhas de vocês, eu vou!

— Você não tem que ir, Selma. Não por causa dos caprichos da Diva.

— Perdeu a noção do perigo, Pipo? Olha que eu subo aí e a gente resolve esta discussão na porrada!

— É como as coisas funcionam para você, não é? Na porrada. Só que deixa eu te contar uma coisa, capitã. Inteligência conta, ouvir os seus amigos também. Não é só a sua vida que você está colocando em risco. Todos estamos nessa jogada. Será que não entende?

Selma viu Diva franzir o cenho e mostrar os dentes num esgar quase bestial. Observou-a se conter sem esmurrar nada nem revidar com palavras de baixo calão. Apenas disse:

— Apronte-se, Selma. Hoje você e eu seremos policiais.

— Não ligue para ele, Selma. Pipo é estressado.

— Estou em chamada, espertalhona.

— Estressado e chato — reiterou.

Selma revirou os olhos para ambos, depois apreciou a beleza do vale. A avaliação dos respiradores sob o capacete acusava oxigênio compatível com terranos e zeemeeanos, o que sempre os deixava aliviados, pois, na pior das hipóteses, não precisariam de uma máscara para sobreviver. Ainda assim, usavam uma. Fazia parte do protocolo dos "Prometeus" da Federação de Justiça Intergaláctica. Diva e Selma avançavam trajando as armaduras, imponentes até demais em uma paisagem floral e de fauna aparentemente dócil. Não dava para saber o que as atacaria ou não quando estavam em uma *roupa de metal* de três metros de altura: mesmo criaturas predadoras recuavam ante duas gigantescas presenças estranhas.

O plano era simples: andariam até a Cidade Púrpura de Inaor e diriam ser da Federação de Justiça Intergaláctica. Estariam em uma inspeção surpresa; todos os planetas sob a jurisdição federativa passariam pela mesma checagem.

"E se uma coisa como essa precisar ser marcada com antecedência, Diva?", Pipo indagara enquanto elas vestiam as armaduras.

"Diremos que é justamente por isso que estamos aqui, para pegá-los de surpresa", ela dissera com um sorriso. "Se eles são 'utópicos', como as notícias chegam para o universo todo, então não haverá problema; devem ser pacíficos. Ficaremos bem".

Agora a terrana e a zeemeeana se encaminhavam à cidade, com Pipo fazendo birra e Diva o provocando.

— Estarei em *stand by* se precisarem de mim. Aproveitarei o tempo para checar a fuselagem da Andorinha.

— Não fique muito confortável, chuchu — Diva disse. — Esta missão vai ser um pé lá e outro cá.

Então um silêncio esquisito. Selma nunca havia ouvido Diva chamar Pipo de "chuchu".

Avançaram devagar, apreciando as árvores altas, o rio, a beleza dos animais silvestres.

Por uma longa campina, quase no horizonte, viram hectares lindos de flores azuis que se destacavam no cenário, mas Diva se movendo com desenvoltura dentro de um trambolho gigante destacava-se muito mais. A capitã dominou bem o funcionamento da armadura de poder, mas a terrana sentia-se incomodada nas dobraduras do corpo, como virilhas e axilas. Descobriram que para usar o Prometeu precisavam de uma malha especial feita de quasarcristal, pois adaptava-se às curvas do corpo de quem vestisse, assim criando elos eletromagnéticos com os sensores internos da armadura, provendo manipulação neurológica ao controlador como um sobrecorpo.

— Que planeta lindo — Selma deixou escapar.

— Também acho — Diva disse. — Dá vontade de morar aqui.

Havia paz naquele ambiente, até demais. Selma se perguntava sobre o povo de Inaor: como se pareciam, que tipo crença e ideologia seguiam, a razão de terem conseguido instaurar uma utopia quando ninguém no universo conseguia fazer o mesmo. O motivo para tanta guerra, crime e atrocidades comumente eram relacionados ao racismo, xenofobia, credo, gênero e orientação sexual. Devia haver alguma fórmula, um equilíbrio na balança que tornasse o estado utópico possível.

Uma mudança não acontece de uma hora para outra, a terrana pensava. Sabia também que, para ganhar algo, deve-se abdicar de outra coisa. Mas o quê?

— Está calada, Selma.

— Eu pensava aqui com meus botões.

— Não dê audiência para o Pipo, ele só…

Diva não concluiu o raciocínio, porque, ao subir uma colina de elevação íngreme, ambas viram uma cúpula colossal, arroxeada e transluzente, de modo que se podia ver o que havia lá dentro. Não conseguiam discernir detalhes por estarem muito longe, mas, no geral, pelo que podiam deduzir, enxergavam uma cidade com altos prédios-agulha entremeados a rios e árvores das mais distintas espécies.

— Caramba, que lindo! — Selma disse, a voz estupefata.

— Não esqueçam o porquê de estarem aí. — Pipo surgiu nos comunicadores de repente. — Vocês não estão num passeio no parque. Precisam seguir o roteiro e atuar bem em seus papéis. Queremos grana, meninas. Lembrem-se disso!

Pipo tem razão, Selma pensou. *Quase me deixei levar.*

— Aff! Acho que daqui é o ponto para irmos voando, Selma. Devemos nos fazer ser vistas nos locomovendo de forma rápida. Ô chatonildo, já emitiu um sinal falso para a cidade dizendo que a polícia pousou no planeta?

— Já.

Uma resposta curta e seca, o que fez a capitã ranger os dentes.

Diva propulsou os jatos das costas do Prometeu e alçou voo. Era bem simples e intuitivo aprender a pilotar a armadura. Selma logo descobriu a facilidade ao tentar, pois, quando colocava em comparação, se lembrava dos sonhos que às vezes tinha, quando forçava os músculos da barriga e a inclinação dos braços, e flutuava mantendo o equilíbrio e a fluidez corpórea.

Tomaram altitudes exorbitantes, observaram a beleza da paisagem de alturas elevadas. Contudo, tanto Diva quanto Selma sabiam que não era momento de apreciar o poder da armadura. Por mais que fosse a primeira vez de ambas vestindo um Prometeu, estavam ali a trabalho. Precisavam de dinheiro, ou objetos que pudessem, no futuro, vender ou escambar. Só assim sairiam do maldito buraco financeiro em que estavam. Os Piratas da Diva já foram muitos, também implacáveis e aterradores, mas agora eram só um trio. E estavam no fundo do poço.

Quanto mais se aproximavam, mais viam com detalhes a beleza daquela cidade. Havia um esplendor ali, a harmonia com a natureza. Não era como se fossem os nativos a permitir que as plantas coabitassem o mesmo ambiente, era o inverso. Não paravam de ver vegetação das mais distintas espécies, numa miríade de cores de tons frios, do azul-claro ao mais escuro dos roxos; tudo, porém, dominado pela imponência de uma árvore semelhante a uma palmeira de folhas púrpuras.

Pousaram na estrada principal da cidade, que levaria à entrada automatizada. Não havia ninguém para recepcioná-las. Acharam estranho, principalmente vindo de um planeta descrito nas notícias intergalácticas como "utópico". Ainda assim, não recuaram. Andaram em suas armaduras tecnológicas, disfarçadas de agentes da Federação de Justiça Intergaláctica, uma terrana e uma zeemeeana — o que trazia bem mais naturalidade ao papel que atuavam — imponentes em uma tarde de Inaor. Entraram na cidade e foram envolvidas por uma selva opressora. O rio transbordava e os animais, alguns quadrúpedes e vários de aparência simiesca, fugiram apressados, ocultando-se das duas formas de vida que desconheciam.

Diva engoliu em seco ao entender que estava em uma cidade-fantasma. Não havia qualquer sinal que indicasse uma batalha ou uma fuga dos nativos de Inaor. O visual expressava apenas o domínio total da vegetação, onde passarelas, estradas e vias tinham espaços revogados pela natureza selvagem. A capitã sacou uma pistola laser e ficou em alerta. Selma repetiu o movimento, embora não achasse que chegariam a tanto.

— Pipo, as coisas aqui estão escabrosas — Diva disse.

— Me diga uma novidade!

— Não do jeito que você está pensando, cabeça de nós todos. É que...

— É uma cidade-fantasma, Pipo — Selma completou.

— Como isso é possível? — Houve uma pausa significativa na comunicação; para ambas era óbvio que o engenheiro estava pesquisando na rede intergaláctica sobre informações de desastres no planeta Inaor. — Nada. Nenhuma matéria que confirme o que estão me dizendo.

— Mas estamos dentro da cidade, Pipo — Diva disse. — Dentro da cúpula.

— Cúpula? — Outra pausa. — Nas fotos que vi da Cidade Púrpura, não há nenhuma cúpula...

— Notícia boa, hein? — Selma disse, irônica. A cidade

era bela, mas desoladora. Não havia um ruído entre diversos prédios, comércios e fileiras de árvores. Se caísse uma agulha no chão, as amigas ouviriam. A opção razoável era voltar para a Andorinha e fugir de quaisquer problemas que houvesse ali; todavia ela sabia qual seria a ordem dada por sua capitã se pusesse uma objeção a explorar os prédios solitários. E, dadas as condições do trio, em termos de recursos, concordaria com ela. Precisavam *mesmo* de dinheiro.

Contudo, o que não foi dito por Selma, Pipo verbalizou:

— Saiam logo daí!

— Não começa... — a capitã refutou. — Agora que estamos aqui, não vamos recuar.

— Diva tem razão, Pipo. A cidade parece intocada, há utensílios novos nas prateleiras das lojas, frutas maduras nas árvores. Se pudermos fazer a coleta, ficaremos abarrotados de espólios. Faremos uma grana sem igual.

Pipo resmungou do outro lado da chamada. Selma pensou que, se fosse Diva a dizer isso, ele teria retrucado, mas, como era ela, acabou cedendo a contragosto.

A Cidade Púrpura era uma megalópole projetada em um planeta pequeno e para um povo que pouco se reproduzia — não havia sexo por prazer, apenas procriação. Tanto Diva quanto Selma, durante a exploração de terreno, ficaram estupefatas com a proporção colossal da engenharia de prédios e estradas, que ia ao horizonte e provavelmente bem além. Com exceção de onde vieram, não importava a direção que mirassem, o olho cansava de procurar um final. Os horizontes eram atrofiados de prédios. As casas e árvores tinham cores incomuns mesmo para uma dupla de viajantes. Havia um grande rio cortando a cidade no meio, um canal que se ligava a outros diminutos, facilitando o acesso às localidades tanto por terra quanto por água.

— Cara, olha quanta coisa! — Diva disse a Selma. — Temos uma cidade inteira pra nós, podemos voltar aqui mais vezes e saquear sempre que precisarmos. Nosso dinheiro vai ser infindável. Mal dá pra acreditar!

Pipo não estava errado em sua preocupação, tampouco Diva em forçar uma grana. Era necessário arriscar, mas também havia necessidade de segurança. Por fim, nada aconteceu como deveria na Cidade Púrpura. Enquanto conversavam com o engenheiro através da chamada de voz, ambas as combatentes de campo ouviram alguma coisa, um rosnado vindo das galerias de rocha dos prédios alienígenas.

— Ouviu isso, capitã?

— Sim.

Depois disso elas não falaram nada. Tentaram captar alguma mudança sonora no ambiente da cidade-fantasma e ouviram estalos pelos prédios-agulha que as rodeavam. As duas relanceavam os olhares, ariscas, procurando a origem daquele ruído bizarro.

— O que vocês ouviram? — Pipo perguntou.

— Shhh — fez Diva.

Ele se calou, mas logo disse:

— Pessoal, seja lá o que vocês pretendem fazer aí, sugiro abortar a missão e voltar pra Andorinha. Precisamos dar o fora deste planeta *imediatamente*! Ouviram!? Ouviram o que eu disse!?

— Caramba, Pipo, você é chato, hein! — Diva disse. — Não foi nada, deve ter sido só um animal silvestre.

— Chato ou não, eu insisto que voltem agora pra Andorinha. Por algum motivo, a Federação de Justiça Intergaláctica está entrando na órbita de Inaor, e emitiu uma mensagem de prisão pra nós. Estão nos caçando!

— O quê? Como isso é possível?

— Hã, capitã — Selma disse. — Sei que a Federação de Justiça é um problema grave, mas acho que temos coisas mais imediatas para nos preocupar.

Nos parapeitos de prédios, marquises de lojas, passarelas e vielas, animais surgiram envoltos de uma névoa purpúrea e brilhante. Os olhos de cada criatura de Inaor queimava num roxo intenso, e suas feições antes adoráveis, quando vistas fora do domo, sofriam de um terrível esgar que as deformava para uma ira escancarada.

— Pipo, Pipo! — Diva gritou. — Venha nos buscar! Estamos sendo atacadas!

Ele não disse nada, mas Selma sabia que ele tinha escutado.

De repente, uma criatura quadrúpede semelhante a uma rena terrana, lançou-se sobre Diva, que socou o animal com um golpe de punho fechado da armadura policial. Não houve som de osso quebrando, apenas um gemido de morte. Mais bestas atacaram, e a zeemeeana se defendeu com maestria, trocando socos e pontapés, disparando sua arma laser nas incontáveis feras que a sobrepujavam. Selma não estava diferente: era menos hábil como lutadora que sua capitã, até menos que Pipo, porém não se deixou abater. A força que Diva tinha ela possuía também, afinal, trajava a mesma armadura. Contudo, devido à quantidade imensa de animais que se acumulavam ao redor de ambas, não conseguiam bater em retirada. Teriam tentado por ar, mas pássaros de penas que pareciam fungos e plantas vivas vinham em ataques rasantes contínuos, forçando a abertura dos capacetes com garras longas.

— Para a saída, Selma, a saída! — Diva berrava.

Era mais fácil dizer do que fazer, entretanto. A capitã, em uma bagunça de chutes e contragolpes, conseguiu tomar o seu caminho para a segurança, enquanto Selma acabou sendo pressionada para o lado oposto, fazendo-a cair de costas no rio, sobrepujada por diversas feras canídeas sedentas em desferir uma mordida letal.

— Selma! Selmaaaaaa! — A voz de Diva vinha pelo comunicador. Selma não conseguia responder de volta: faltava ar nos pulmões. A terrana digladiava com inúmeras bestas ao mesmo tempo, dando morte instantânea aos inimigos atingidos. Porém, eram tantos que mal conseguia se mover. E havia bichos das mais variadas espécies a atacando. Só não sabia como o Prometeu se mantinha funcionando.

Ainda dentro da água do rio vermelho, sentiu uma onda de choque atravessar seu corpo — aconteceu quando uma besta anfíbia mordeu com força de pressão hidráulica o ombro esquerdo da armadura. A voltagem veio de repente, como um susto, e a paralisou por segundos que pareceram eternos e, de certo modo, quase cruciais. Ainda ouvia Diva berrando nos comunicadores, o desespero da amiga naquele momento só a deixava mais tonta. A correnteza e a avalanche de bestas assassinas levaram-na rio abaixo num turbilhão de ganidos, rosnares e descargas elétricas. Mal pôde gemer de dor; o ar escapava. E, para piorar, dentro do domo havia um penhasco onde o rio quebrava, fluindo para uma passagem subterrânea — não muito profunda —, que a derrubou numa restinga do lado de fora da cidade.

Acordou na praia do rio, muitos animais mortos ao seu lado, e os poucos que ainda viviam forçavam caminho para tentar capturá-la. A noite caía e a beleza de Inaor se transformava em um borrão escarlate, onde os três satélites do planeta, acompanhados de constelações estranhas, formavam uma pintura de terror.

— Diva? Pipo? Estou viva… alguém aí? — Selma disse, forçando chamada nos comunicadores.

Nada.

Selma subiu uma colina, correndo da última e incansável fera que a perseguia, engolindo o choro, temendo pela segurança dos amigos.

— Está nas armaduras… — Selma ouviu Pipo dizer, mas havia muita estática na comunicação; era um milagre haver link entre eles. — Tirem… Prometeus! Vocês devem… ativado… rastreador durante… Abandone-os!

Até faria como o sugerido,

mas a fera que a perseguia estava bem próxima e ela precisaria da defesa extra que a armadura proveria.

Exausta de tanto correr, o ar faltando nos pulmões, achou melhor preparar-se para o ataque da criatura submersa na terra. Houve uma pausa antes do avanço, e Selma acertou o punho em cheio na lateral esquerda do réptil que emergiu do solo.

— Morra! — Pisou em cima da garganta da criatura encouraçada, ouvindo um estalo molhado de ossos se partindo.

Ainda arfando, Selma encarou os satélites de Inaor, a forte luz que emitiam sendo tomada por silhuetas de naves policiais, e isso a fez engolir em seco o pouco de saliva que umedecia a sua boca. Agilizou-se em sair da armadura; o equipamento danificado não respondia ao comando de "abertura" devido ao ataque de todas as criaturas inaorianas possuídas. Enquanto forçava uma saída do Prometeu, pensava acerca da névoa arroxeada que envolvia a Cidade Púrpura. Talvez a cúpula fosse uma contenção para algum tipo de vírus, ela imaginou. *Onde foram parar os habitantes sencientes deste planeta?*

Deixou a armadura tecnológica da Federação de Justiça Intergaláctica para trás, pensando que a probabilidade de ter acontecido uma evacuação planetária, sob sigilo federativo, não seria de se estranhar.

— Diva! Pipo!

Não a respondiam.

Selma correu entre o campo de grama alta liberando pólens estranhos, ainda de respirador no rosto, vestida com uma fina camada da malha de quasarcristal. A noite havia caído e uma escuridão avermelhada provia uma visão agourenta, como se tudo no planeta estivesse banhado em sangue. A terrana tremia, o coração pulsava sem ritmo e o ar escapava dos pulmões. Só de pensar no vírus arroxeado por aí, espreitando, deixava-a com os nervos em frangalhos. Já não mais gritava por sua capitã: não podia, ou a polícia a capturaria. Três soldados federativos passaram zunindo trajados em armaduras logo acima dela, que se jogou no chão, tentando uma camuflagem entre as flores azuis. A noite provavelmente ajudou-a a se manter oculta, pois passaram reto, vasculhando o perímetro em busca do ser vivo que abandonara a armadura federativa próximo dali.

— Sel... sou eu... Pi... Onde você... tá?

A terrana se esgueirava pelo chão, avançando devagar, sujando-se de uma terra rosada, com insetos passeando pela malha. Quase gritou quando um verme pequenino, mas gorducho e gosmento, saltou em seus cabelos curtos e empapados de suor e grama seca. Os soldados estavam cada vez mais próximos, e Pipo tentava chamada pelo comunicador, porém não dava para entender o que ele dizia.

Vão me encontrar, ela pensou. *Estão a poucos passos. É só eles olharem na direção certa.* Ocorreu-lhe parar de fugir e se entregar, mas lembrou-se de Diva e percebeu que, em seu lugar, a capitã não desistiria, lutaria por salvação e criaria um milagre. E foi o que Selma tentou fazer: mesmo respirando mal, ela se pôs em pé num salto impulsionado pelos braços e embalou-se numa corrida.

— Ali! — Apontou um soldado terrano. — Peguem-na!

O trio saltou diante dela, numa propulsão absurda, utilizando uma técnica de avanço controlado que Selma não imaginava ser possível realizar com o Prometeu. Foi fechada e não teve uma lacuna para fugir. Fez que ia erguer as mãos para se render, porém uma voz conhecida a surpreendeu.

— Estou aqui, Selma. Está tudo bem.

Diva aterrissou em cima do soldado terrano e tomou o rifle iônico que ele segurava. O homem se debateu, mas a capitã prendeu-o com os pés de metal. Passou a arma para Selma, que, surpresa com a reviravolta, cambaleou com o peso desproporcional de um rifle de Prometeu.

— Vocês vão nos pagar! — um dos outros dois soldados gritou e desferiu uma rajada iônica em Diva, mas errou, porque Selma disparou nele antes; assim, o raio de energia passou ao lado da zeemeeana, salvando-a de uma rajada fatal. E, enquanto isso, a capitã aplicava pesados golpes no terrano que prendia com os pés, usando o máximo poder da armadura. O terceiro policial foi de encontro à Diva, com o intuito de salvar o parceiro imobilizado, mas Selma não permitiria: valendo-se da arma bem energizada, não poupou disparos para abrir buracos na armadura federativa do inimigo.

Com o trio eliminado, Selma encarou os satélites de Inaor a fim de checar a proximidade das naves inimigas. Arfava tanto que sua visão estava turva.

— Comunicador ruim? — Diva perguntou.

— Uma caca.

Depois disso, Pipo buscou-as e conseguiram fugir do planeta Inaor, abandonando o Prometeu de Diva em solo.

Em zona segura, depois de terem efetuado um salto cósmico e estarem em outra galáxia, Pipo deixou a Andorinha em ponto-derivante e finalmente explodiu:

— Um fiasco! Eu sabia que isso ia acontecer! Sabia! — Ele levantou-se do assento de pilotagem para encarar Diva. Passou o olhar por Selma, abatida, suja de terra e molhada de água alienígena, escorada nas paredes da nave. — Olha o que você fez! Ela quase morreu! Não sente remorso?

— Pipo, agora não é hora — Diva disse, a voz baixa. Relanceou o olhar para Selma, a respiração da terrana recém se normalizando.

— Nunca será hora, Diva. Nunca e...

Nem a capitã nem o engenheiro esperavam pelo soco desferido por Selma. Pipo levou a mão ao lado esquerdo do rosto, aturdido. Os olhos do zeemeeano se arregalaram e encararam a amiga numa expressão de "Por quê?".

— Acha que você é o único que tem medo de perder um amigo? Acha mesmo? Deixa eu te contar uma coisa, parceiro, caso você não saiba: *nós somos piratas*. Faz parte do negócio passar um aperto.

— Selma...

— Não me interrompa, capitã. Estou cansada de vocês

dois. Da implicância que um tem com o outro. Pipo, em vez de falar "não vai dar certo", você tinha era que ajudar a resolver os erros dos planos...

— Acha que eu não faço isso? Eu avisei que era uma má ideia arriscar ir em Inaor. Avisei!

— Então está perdendo dinheiro como vidente, ó senhor sabe-tudo! Ou melhor ainda, por que não assume o posto de capitão? — Pipo engoliu a saliva num estalo e trocou olhares rápidos com Diva. Selma continuou: — Essa situação toda teria acontecido de uma forma ou de outra. Se o que você disse for mesmo verdade, se os rastreadores estavam nas armaduras, seríamos emboscados independentemente da situação. Além disso, Diva disse que sozinha daria conta. E teria dado conta mesmo. Eu fui um estorvo. *Você* foi um estorvo.

— Eu? Eu salvei vocês!

— Não, Pipo. Fazer o mínimo não é digno de mérito. Se eu estivesse na Andorinha, eu teria feito o mesmo. Hoje eu quase morri várias vezes, mas o pensamento de que "minha capitã jamais desistiria" foi o que me fez continuar tentando sobreviver. Ela me salvou, não você. Você é o elo fraco deste trio, e estou muito triste por precisar te dizer isso.

Selma os deixou e foi para os dormitórios. Adormeceu imunda, de tão exausta que estava. Acordou depois de duas horas de sono e andou em direção ao painel de comando da Andorinha. Diva consolava Pipo, que chorava muito.

Viram-na se aproximando e, com os olhos negros tomados por lágrimas, o engenheiro da nave disse para Selma:

— Você tem razão. Eu não confio o bastante em você. Me desculpe, Selma. É que eu, bem... eu já perdi amigos demais. Não queria perder vocês também. Eu sinto muito...

Selma sacudiu a cabeça.

Entendia.

Estava tudo bem.

Blefe

O trio bebia com desânimo. Estavam sentados diante de um balcão de bar num cinturão de asteroides na Zona Morta da galáxia YYW. Diva entornava licor de Alpha Centauri com a leveza de quem bebe um copo de água; Pipo, depois de dar uma beiçada em um fermentado de Marmug, encarou a espuma no caneco com olhos enevoados; Selma bebia um suquinho de ameixa e era a única do trio preocupada em estarem gastando os últimos créditos em bebidas, quando, na verdade, deveriam estar poupando e fazendo algum lucro.

— E o que quer que a gente faça, Selma? Vamos sair por aí atacando o primeiro idiota que der mole? — Diva indagou.

— Ora, logo você se contradizendo? — a terrana disse, voltando os lábios para o canudinho. Apesar de tudo, o suco de ameixa era muito bom.

— Abaixem as vozes, podem ouvir nossos segredos — Pipo disse. Tentou engolir mais um pouco de Marmug, mas o máximo que fez foi molhar os beiços e sentir o gosto choco da bebida. Ele empurrou o caneco: aquele era o seu limite. Também era o seu primeiro trago da noite.

— Cara, estamos no bar do Marmug, aqui só tem fora da lei. Ninguém se importa com o que a gente tem a dizer ou não — Diva retrucou. Ela serviu-se de mais uma dose e engoliu o licor sem fazer cara feia.

— Mesmo assim! — Pipo soluçou.

— Mesmo assim o quê? Não posso beber e nem relaxar. Tenho que estar sempre pensando no depois. Que chatos!

Pipo não prestou atenção; estava com a cabeça entre os braços, que se apoiavam sobre o balcão. Sua cabeça rodava.

Selma disse:

— Relaxar é para quem tem a conta neural cheia de créditos e, *surpresa*, nós não temos! Depois dessas bebidas que compramos, o que restou foi o total de vinte unidades, que mal dá para encher o tanque da Andorinha.

— Mas dá para comprar mais uma garrafa de licor — Diva sorriu, sabendo que estava abusando da sorte.

— Aí voltamos pra casa derivando pelo espaço, que tal? Eu, você e o Pipo. Dois zeemeeanos e uma terrana. Os três patetas.

— Prefiro *Os três mosqueteiros* — Pipo disse.

— Pelo jeito você gostou mesmo das histórias terranas que te contei — Selma disse.

— Gostar de quê?

— *Os três mosqueteiros*!

— Ah! Sou o D'Artagnan.

Selma revirou os olhos.

— Mais uma garrafa? — Marmug surgiu do outro lado do balcão, soltando uma gosma da cavidade que era sua boca. Os pequenos tentáculos de seu bigode balançaram ao som da fala.

Diva checou os créditos na carteira neurológica e o tanto que tinha de licor na garrafa. Muito pouco em ambos.

— Por enquanto não, Marmug — ela respondeu.

O proprietário se afastou e Diva caiu num choro intenso. Pipo adormeceu e só Selma viu aquela cena incomum. Nunca imaginaria ver a capitã daquele jeito.

— O que houve?

— Ah, droga. Queria tomar mais um trago, mas não dá, estamos pobres. Que miséria é essa? — Diva disse, as lágrimas vertendo de seus olhos negros e brilhantes. Ela puxou o fermentado de Pipo e começou a beber, ignorando o gosto choco. — Não passo necessidade desde a minha infância. Era fazer engenhocas de sucata e vender para ter o que comer. Que dias difíceis! Agora os dias estão duros de novo. Não temos trabalho, por mais que a gente se esforce; somos mais que qualificados e, mesmo assim, nada parece acontecer. Sempre que conseguimos alguma coisa, o pagamento é baixo. Vida injusta. Vida muito injusta.

— Sei como é. — Selma baixou a cabeça, girando o gelo do suco de ameixa com o canudinho. Desde que ela tinha se juntado aos amigos zeemeeanos, sua vida mudara para melhor, pois, quando ainda era uma cidadã das colônias terranas, a vida não lhe fora gentil. — Minha mãe era professora e falava isso com frequência. Incrível como esse tipo de coisa acontece em vários lugares do universo. É quase uma piada cósmica.

— *É* uma piada cósmica! — Diva terminou o resto da bebida de Pipo. Sentia mais o salgado de suas lágrimas do que o álcool do fermentado.

Ambas encararam o balcão feito de alguma pedra que não conheciam; Pipo dormindo alcoolizado entre as duas. Não sabiam como sair daquela situação. Dizer que recorreriam ao crime era pleonasmo, já que eram piratas; contudo, o trio tinha um código: roubar daqueles que possuíam mais do que precisavam. Como em *Robin Hood,* pensava Diva. Adorava as histórias da terrana do grupo, e nessa ficção ela se espelhava. Apesar de que os pobres eram sempre eles mesmos.

Com exceção do trio no balcão, o bar de Marmug estava alegre: grunhidos e rosnados enchiam o ambiente, também risadas e música. A fanfarra era grande e a diversão igualmente. Às vezes brigas começavam de súbito, mas terminavam na mesma velocidade com que iniciavam. Enquanto Diva chorava e desabafava com Selma, uma peleja acontecia: uma troca de socos entre um zeemeeano e um alienígena que a terrana reconheceria como da espécie grey. O zeemeeano saiu triunfante com pouco esforço e, então, voltando o olhar em direção do balcão do bar, ele ergueu a mão e acenou com vontade.

— Ei! Eu não acredito! É você?

Diva, normalmente tão alegre e sorridente, estava desmontada em lágrimas. Porém, quando olhou para o velho conhecido, engoliu o gosto amargo da bile e ficou de postura reta, uma atriz nata.

— Leto! Há quanto tempo! — Virou o rosto para secar os olhos, depois se levantou para trocar um aperto de mão fervoroso com o zeemeeano. Ela era imensa perto dele; naturalmente seria grandona perto de qualquer macho de sua espécie, mas Diva ganhava imponência por ser musculosa. — Por onde tem andado, seu maldito?

— Indo aqui e ali, aprontado umas boas. — Ele arreganhou os dentes quebrados, um sorriso que fez Selma desviar o olhar e se focar no suco de ameixa. — Mas olhe para você, nem acredito! Depois do que eu ouvi sobre sua tripulação…

— Ah… Esse é um assunto que eu não gosto de falar, Leto…

O zeemeeano olhou para Selma, acenando com timidez, depois para Pipo, que estava acordando com a voz do velho conhecido.

— Entendo. Bem, querem se juntar a mim e aos meus compinchas? Estamos nos divertindo ali nas mesas de jogos. E, como nos reencontramos depois de muito tempo, faço questão de convidá-los para beber.

Diva aceitou, e mesmo Selma achou o gesto bondoso, embora a terrana notasse um olhar esquisito lhe sendo dirigido. Pipo se levantou para segui-los, cruzando as pernas ao andar. Leto disse que não era para se fazerem de rogados, gostava de esbanjar. Que bebessem bastante!

— Sem uma festa de vez em quando, a vida não tem graça nenhuma — Leto disse. — À vontade, camaradas!

Pipo voltou a dormir ao se juntar aos amigos de Leto, ficando apenas Diva e Selma para a bebedeira. A capitã do grupo sorveu um maltado com vontade, mas a terrana, ao levar uma cerveja aos lábios, teve a apreciação negada.

— Você não é uma de nós. — Ouviu um dos lacaios de Leto dizer. — Não devia estar misturada conosco.

Diva levantou-se num pulo, afrontada pelo desrespeito dito de forma aberta. Olhou para Selma e viu a terrana fazendo cara feia para o sujeito. Leto puxou o lacaio pelo ombro e sussurrou algo para ele, um falatório que os outros subalternos ouviram com indignação.

Leto voltou e jogou sal na ferida, dizendo que não havia sido nada. Que continuassem a beber. Mas Diva não gostava da amargura nos olhos de sua amiga: era hora de sair daquela companhia tóxica.

— Vamos, Selma. Não precisamos ficar aqui se você não quiser.

— Obrigada.

O outro grupo não conseguia acreditar na desfeita.

— Gostamos de você, Diva. É uma pena que tenha se unido a alguém de péssima laia — disse outro lacaio de Leto, apontando para Selma.

A zeemeeana, que tinha posto Pipo adormecido em seu ombro esquerdo, colocou-o dormindo sobre uma das mesas de jogos. Ela encarou o lacaio linguarudo com firmeza.

— É uma pena que gostem de mim, porque eu não gosto de vocês. Ainda acham que raça importa, que são mais "evoluídos". Que tal apreciar a diversidade do universo, lindinhos? Saiam de suas bolhas!

— Está nos chamando de ignorantes? — Leto tomou frente.

— Se a carapuça serviu... — Selma ousou.

— Olha aqui, terrana suja...

— Eia! — Diva interveio. — Se quer brigar, brigue comigo.

— Vamos deixar isso mais divertido — Pipo disse de repente, esfregando os olhos e bocejando, sem ter muita certeza dos xingamentos que acabara de escutar. — Se a minha capitã vencer a briga, Leto nos paga 5.000 tíquetes de crédito. Se ela perder, podem levar nossa nave.

— Pipo! — Selma repreendeu.

Diva, porém, viu os olhares inquietos de Leto e seu bando.

— Gosto de você, Pipo. Não acho que valha a pena uma briga a troco de nada. Deixarei uma rodada paga por minha conta, em nome de nossa velha amizade. Por você! Vamos embora, rapazes.

O grupo de Leto foi ao balcão, acertou as contas com o Marmug e partiu.

— Como eu odeio esses racistas!

— Também odiamos, Selma — Pipo disse, de ressaca.

— E logo de um amigo nosso — Diva completou.

— Estou muito surpresa que Leto, um dos caras mais gente boa que já conheci, seja um preconceituoso.

— "Gente boa" uma pinoia — bocejou Pipo. — Também é um banana. Um blefe e ele deu no pé.

— Blefe? — Selma perguntou.

— Mais ou menos. Eu tinha certeza de que ele ia se acovardar. Em todo caso, se a briga tivesse ocorrido, Diva teria ganhado uma boa grana para nós. Além do mais, com os racistinhas a gente resolve as diferenças na porrada.

— Ao menos ganhamos uma rodada gratuita — Diva disse. — Saideira?

— Ah, não! — Pipo lamentou.

— Fazer o quê, né? — Selma deu de ombros. — Bora lá.

Planeta Oeste

O zhyngarista tocava muito bem para um maloritano que tinha apenas o mindinho e o indicador na mão esquerda e o dedo polegar na direita. O Coice de Ga estava cheio e alguns candangos trocavam socos depois de um ter ofendido o outro na mesa de jogos aos fundos da taberna. O ajudante, Sussurro, soltou um grito para que dois sujeitos parassem de brigar — o berro não foi nada alto, parecia mesmo um sussurro. E era daí que vinha o apelido de Jone.

Vozes iam e vinham, a música havia eclodido em seu clímax, mas Willar, o proprietário do Coice de Ga, ouviu o exato momento em que o forasteiro empurrou as portas vaivém do estabelecimento ruidosamente.

Willar odiava forasteiros.

Maloritar era um planetoide no meio do nada onde todo mundo se conhecia. Se havia um desentendimento, o desentendimento ficava em Maloritar. O zhyngarista era a prova disso. Havia perdido tantos duelos quanto tinha de dedos nas mãos. Mas estava vivo, era um bom maloritano e ninguém negava isso. No entanto, quando um forasteiro surgia, significava que encrenca de verdade estava à vista.

O forasteiro em questão usava chapéu branco e estava de poncho marrom de um tom levemente mais escuro que o castanho do ga que deixou bebendo água no cocho. Era um animal bem-tratado. Willar, pelo pouco que viu da criatura, percebeu os pelos escovados e tecidos caros que aqueciam a montaria de oito patas. Mas o proprietário pouco se interessava em gas naquele momento; o que queria saber era se o vagabundo iria criar confusão em sua taberna. Muitos sacavam pistoletes ali dentro, porém poucos ousavam atirar nesses saques. Aqueles que puxavam gatilhos passavam uma semana no xadrez, e os que matavam com esses disparos ganhavam um vale-forca.

O forasteiro obviamente não conhecia essas regras, afinal, era um zeemeeano. Apesar de tentar ocultar o tom azul-escuro de sua pele, não conseguia disfarçar que pertencia ao povo colonizador de Maloritar.

Willar reparou as duas pistolas lasers de cabo de ultrametal que o sujeito trazia em coldres de couro de ga. Tinham brilho opaco — talvez as usasse muito.

Quando o zeemeeano se aproximou depois de ter dado uma boa olhada no ambiente, Willar instintivamente alisou a carabina iônica do falecido pai debaixo do balcão. A arma havia botado muito malandro para correr do Coice de Ga, o que não queria dizer que gostasse de dispará-la. Willar não gostava de muitas coisas, e uma em específico era limpar sangue do assoalho. Sussurro esfregava catarros e vômitos sem nem piscar, mas, se visse uma gota de sangue, o moleque desmaiava como uma donzela ao ter seu amor correspondido pelo galã que a cortejava.

Willar jogou o pano em seu ombro e pôs um copo vazio em cima do balcão. O zeemeeano fez que não para a bebida. Esse era um dos sinais ruins: um sujeito que entra numa taberna para não beber. Outro sinal ruim era não dizer o próprio nome.

O estranho andava pelo Coice de Ga como se fosse propriedade dele.

— Aonde pensa que vai, amigo? — Willar perguntou, com não mais do que inquietação ao encarar nos olhos frios do zeemeeano.

— Para a senhora que te pariu — disse o sujeito, carrancudo. Ele cuspiu no chão, Willar cuspiu também. Se alguém podia cuspir no assoalho, era o proprietário.

— Mas vai tão longe? Ela está em um asilo de Dunas

Duras, a uns três dias de perfura-neve daqui. Por que não fica no Coice de Ga e toma um gôbin? É cortesia se me disser o seu nome. — E serviu o copo até a metade.

— Não quero bebida, quero um comunicador intergaláctico. Há algum por aí?

— Não guardo nenhum em meus bolsos.

— Era para ser engraçado?

— Procure por Sona. Esse é o negócio dela.

— Hum. — O forasteiro fez que ia até a maloritana, mas parou e voltou-se a Willar. — Essa dose de gôbin é mesmo cortesia?

— O que você acha?

— Ah, que mal-humorado! De qualquer forma, por mais que um pouco de gôbin seja interessante, me dê algo mais forte.

Willar se virou para a prateleira de bebidas e puxou um uísque terrano quarenta anos. Lembrava-se de quando o velho pai trouxera aquela garrafa de uma de suas viagens para a colônia jupteriana. Era um tesouro e tanto.

— Um uísque envelhecido, que tal?

— Não é sempre que se vê um desses — disse o forasteiro, puxando um tíquete de crédito. — Mas essa bebida é realmente boa?

— É o melhor dos venenos que tenho no bar.

O forasteiro pôs o tíquete no bolso da camisa de Willar.

— Veneno cai bem no momento. Tem coisas dentro de mim que pretendo matar.

— Espero que sejam as únicas coisas que vai matar aqui.

— Só existem duas coisas que eu não dispenso, companheiro: um trago e uma boa matança. O trago está logo aqui, mas a matança eu não garanto nada. Passar bem.

E engoliu o uísque numa investida só. Depois deu as costas para Willar, fazendo a cauda do poncho se esvoaçar e a sola das botas ecoar na madeira do assoalho.

Sussurro limpava o chão ao lado do zhyngarista, prestando atenção em tudo à sua volta, pois foi assim que o velho Willar o instruiu a fazer qualquer coisa dentro do Coice de Ga.

"É uma lição que você pode levar pra vida toda, guri. Preste atenção em tudo o que está acontecendo, não deixe nada escapar. Olhos afiados podem te salvar a vida, e ouvir coisas que não esperam que escute é uma ótima moeda de barganha", dissera Willar, dois anos antes.

Ou seja, enquanto limpava o chão e desviava das cuspidas ocasionais do zhyngarista, ele ouviu quando o forasteiro fez a porta vaivém ranger as dobradiças. Notou como o sujeito tinha expressão de criminoso; também percebeu como ele tentava não parecer um. Sussurro podia jurar que já havia visto aquele rosto, e não seria de se estranhar que tivesse sido em um cartaz de *procurado*.

Quando Jone terminou de limpar o chão, ergueu o balde com água suja e pôs a escova dentro. Andou até o balcão e o velho Willar levantou a tábua para que ele passasse e desse a volta para despejar os excrementos nos fundos do estabelecimento, em uma fossa. Ao voltar, o dono do bar estava com o bigode grosso e branco balançando como a cauda de um ga. Jone perguntou ao senhor Willar qual era o problema.

— Hã? Fala pra fora, guri. Bah! Parece que tem um ovo de ga na boca. Não entendi *nada* do que disse!

— O que houve para o senhor parecer preocupado?

— Não sei bem. Talvez seja coisa da minha cabeça.

— Tem algo a ver com o forasteiro?

Willar olhou para Jone com espanto. Como o moleque sabia do forasteiro? Ele não devia estar com um monte de pessoas ao redor dele, ao lado do zhyngar e limpando o chão?

No entanto, respondeu:

— Talvez.

— O senhor sempre diz que um "talvez" é um "sim".

— Talvez sim, guri. Escuta aqui: limpou mesmo aquele chão? Como pode saber do forasteiro se devia estar compenetrado fazendo outra coisa?

— Eu limpei, sim. — A voz de Jone era um pouco mais

alta que um sussurro. — Pode checar se quiser.

O velho o encarou e fez um muxoxo.

— Acredito em ti.

— Então quer dizer que o "talvez" é um "sim" mesmo.

— Talvez.

Jone entendeu.

— Acha que ele é perigoso?

— Não confio em forasteiros. Não devia confiar também. Foi um forasteiro que matou seu pai, pelo que bem sei.

— O senhor pode dizer isso, mas eu não lembro do meu pai. Só sei que ele era valente e bastante parecido comigo. É o que minha mãe sempre diz.

— Sua mãe está certa. O que ainda assim quer dizer que um forasteiro nesta cidade é um mau sinal. Há muitos sinais no ar, Sussurro. Você precisa captá-los, ouvi-los e entendê-los. Acredita que o sujeito entrou na minha taberna e não disse nem o próprio nome?

— E por que o senhor não perguntou?

— Mas que afronta é essa? — Deu um tapa no balcão. — Um forasteiro é quem deve se apresentar quando chega em uma cidade!

Jone viu o senhor Willar sair do azul-claro para o azul-fervente. Significava que seu patrão estava com medo de alguma tragédia acontecer por causa do forasteiro.

— Quer que eu faça o que o senhor está pensando em fazer?

— Não sei se chega ao extremo.

— Na vez em que meu pai morreu, também não chegava.

Willar balançou o bigode.

— Talvez. — Mas não tinha certeza. — Minha filha deve ter coisas melhores pra fazer.

— Acha que a delegada ia fazer pouco caso de uma suspeita do pai dela? O senhor não sabe a filha que tem.

— Hum.

Então enviou Jone até a delegada Lisa com a mensagem de que um forasteiro havia chegado na cidade e estava no Coice de Ga. Podia não ser nada demais, mas Maloritar não era um planetoide pacífico à toa.

Ademais, a delegada sabia que o pai odiava forasteiros.

O crepúsculo estava verde-celeste quando Jone ouviu Rara urrar de dor. Deu um pulo para trás; o grito havia sido como se o maloritano tivesse parido um filho com uma só empurrada. O doutor de doenças gerais brandia um alicate acima da cabeça do agente da lei com um dente de raiz muito longa. O médico usou um pouco de saliva de ga para dar um ponto na gengiva sem causar mais dor ao sujeito, e a delegada Lisa e o subdelegado Utah assistiam àquilo com risos de diversão na face. Riam do sofrimento alheio como se estivessem vendo uma comédia em uma festa de solstício maloritano.

Lisa viu o rosto espinhento de Jone e o saudou com um movimento do chapéu. Utah andou até o rapaz e o envolveu com o braço esquerdo. O subdelegado soltou um bafo quente de bebida alcoólica ao dizer "E aí, jovem!". Sussurro franziu o rosto e o cumprimentou de volta.

Rara ainda choramingava, mas já havia sido dispensado pelo doutor de doenças gerais. Quem ia sentar-se na cadeira agora era Utah. Ele pôs seu chapéu de agente da lei na cabeça de Jone e tropeçou nas próprias pernas ao dar meia-volta. Claro, fazia sentido o porquê de estar bêbado, iria ter um dente arrancado. Talvez mais de um.

— Tem algum dente causando problemas, Sussurro? — O doutor de doenças gerais fez o alicate abrir e fechar. Jone se tremeu por inteiro. Odiava aquelas ferramentas. O tremor do garoto foi o suficiente para fazer Utah e o médico uivarem em deboche.

— Ignore-os. Eles são uns idiotas — disse a delegada. — Por que está aqui? Traz mensagem do meu pai?

— Sim. — A voz era quase um sussurro. — O senhor Willar teme que o forasteiro que chegou na cidade crie confusão. Disse que o candango tinha cara de quem gosta de brigar em bar.

Lisa fez que entendeu.

— É possível que não seja nada, sabe? Um forasteiro pode estar apenas de passagem. É incomum, mas não de todo impossível. Este é um planeta livre.

— Entendo. Mas você sabe como é o senhor Willar. Ele fica resmungando quando está incomodado com alguma coisa.

— É verdade — disse Lisa, claramente conhecendo as manias do pai. — Vou dar uma olhada. Só vou esperar Utah arrancar o dente. — E olhou para o maloritano que começava a gemer com as investidas do doutor. A imagem do médico era a de um açougueiro tentando desossar um ga para o desjejum. Jone cuidava dos dentes não era à toa. — Por que não me descreve como é esse sujeito? Assim posso ir direto nele para checar as intenções. E me diga também onde ele está.

— Eu não vi o rosto. Mas sei que era zeemeeano. Estava pegando a chave do comunicador intergaláctico com a Sona quando eu saí. Talvez seja boa ideia levar alguns cartazes de *procurado* para o senhor Willar checar. Se o forasteiro for um bandido, o patrão vai reconhecer.

— É uma boa ideia, jovem. Quando se cansar de limpar vômitos e cuspes dos assoalhos e aprender a empunhar um pistolete de energia, venha falar comigo. Vou guardar uma vaga para você como agente da lei. É o maloritano mais inteligente desta cidade.

— E eu? — disse Utah, com o alicate dentro da boca. O doutor então puxou o dente e o subdelegado desmaiou de dor.

— Se fosse inteligente, cuidaria melhor desses dentes — disse o médico.

Jone olhou para Lisa e ambos riram bastante.

— Pode voltar para o Coice de Ga, amigo. Já, já vou para lá.

Ele deixou o chapéu de agente da lei de Utah em cima da mesa e assentiu. Voltou para o bar com o coração pulando por causa do elogio de Lisa.

O zeemeeano, na verdade, não era o único forasteiro em Maloritar, pois Diva adentrava a cidadezinha da Vila da Mina-Negra mordendo capim e montada em um ga cinzento que tinha uma pata a menos. Numa corda enrolada em uma das mãos trazia um prisioneiro maltrapilho que havia capturado em outro lugarejo. O sujeito andava a passos trôpegos depois apanhar da zeemeeana. Tratava-se de Téde, aquele que costumava ser o pistoleiro mais rápido da cidade. Fora um agente da lei bastante respeitado até ousar destratar de Lisa quando ela assumiu o posto de delegada de Mina-Negra.

— Jamais me curvarei para uma fêmea no comando! — dissera ele, ríspido e sucinto.

Depois disso, Lisa o desafiou para um duelo: se ele ganhasse, ele podia ser o delegado se quisesse, mas, se perdesse, tinha que se submeter ou dar o fora da cidade. Aconteceu de Téde tentar matá-la na noite anterior ao duelo para não ter que passar o "vexame" de duelar com uma malloritana. Pensava ele que, se vencesse, ficaria marcado como abusador de fêmeas e, se perdesse, seria o cara que perdeu para uma delas. Então, silencioso, na calada da noite, enfiou uma rajada de luz no marido de Lisa por acidente (ambos tinham o mesmo tamanho e, no escuro, eram confundíveis. Nenhuma fêmea maloritana deveria usar cabelo curto; era feio demais, de acordo com ele) e isso o fez ficar manchado em Mina-Negra como assassino de amigos. Todos na região conheciam Lisa e se compadeceram com a viúva. Agora estava em apuros, porque Diva, a pirata espacial, havia o capturado em Água Claras. Mas a zeemeeana não dava a mínima para esse "ninguém"; entretanto, o foragido valia 150 tíquetes de crédito e estava dando bobeira. Vivo, Téde valia bem mais do que morto: se fosse entregue em Mina-Negra para que a autoridade local desse uma boa surra nele, créditos a mais viriam na recompensa. Tudo coincidiu. O rastro de Gilgar ia até Maloritar.

— Eia! — Diva puxou o cabresto de seu ga. Esticou a corda que trazia na mão e Téde caiu de joelhos e rolou no chão. Ele estava no limite de sua resistência. Fazia horas que a zeemeeana não lhe dava de beber; o desgraçado andara pelas tundras de Maloritar o dia inteiro, clicando os dentes, gemendo, implorando por água e comida. Uma caminhada longa no inverno castigava, disso ninguém podia duvidar.

A cidade estava vazia. A loja de miscelâneas era a única a mostrar vida, o que não queria dizer muito; apenas o dono deu as caras para vê-la chegar. A prefeitura estava fechada, a casa de banho também. O ferreiro estava entretido no fundo de um galpão enfiando ferraduras nas oito patas de um ga dourado e, no entanto, Diva ouviu uma barulheira vindo da taberna mais adiante. Havia muitas montarias na soleira do que chamavam de Coice de Ga. Imaginou que o estabelecimento estava lotado.

Enquanto Téde corria para o cocho dos animais para beber água, Diva gargalhava a plenos pulmões. Viu um rapaz espinhento vir do fim da rua e este a encarou com desconfiança. Não fosse a pele azul-clara do garoto, quase dava para acreditar que ele era um jovem zeemeeano, e não de um povo colonizado da galáxia a Oeste de Zeemee. O menino ia entrar no Coice de Ga, mas Diva o chamou antes que o fizesse.

— Garoto! É, você! Tem um minuto?

— Depende do que você vai me perguntar.

Diva se surpreendeu com o tom de voz incrivelmente baixo do rapaz. Talvez fosse problema de fala. Quando conhecera Pipo, ele mal sabia juntar as duas sílabas do próprio nome.

Perguntou ao menino:

— Estou querendo coletar uma recompensa com a autoridade desta cidadezinha. Aonde devo ir?

O rapaz pareceu reparar melhor no prisioneiro da zeemeeana. Olhou com curiosidade e depois sorriu. Era um riso bonito: tinha todos os dentes na boca, uma linha quase reta. Diva achava assombroso que alguém tivesse dentes tão brancos e não fosse terrano.

— Sorte grande, forasteira. Acabo de falar com a delegada. Vá para o fim da rua que a verá; ela é alta, tem cabelos curtos e avermelhados. E esse aí, Téde, vai apanhar ainda mais hoje. Pelo que sei, a delegada Lisa não esperava encontrá-lo vivo. Depois passe no Coice de Ga para gastar sua recompensa. Ainda temos bastante gôbin.

— Obrigada, rapaz. Uma bebida quente muito me interessa. Passar bem!

Instou o ga de uma pata a menos até o fim da rua. Téde esperneava e gritava que não queria ir para o xadrez. Pedia por piedade.

Lisa deixou cair a mão no pistolete de energia assim que viu Téde sendo trazido amarrado por uma zeemeeana. Era o canalha que havia assassinado o seu marido. *Pobre Guto, que descanse em paz.*

— Téde!

— Por favor, me perdoe! — disse o procurado. O rosto de Téde era um mar de escoriações e inchaços. Sua captora havia o amaciado a valer. — Foi um acidente. Eu juro! Guto era um bom sujeito. Eu não queria ter matado o teu marido.

Lisa não duvidava. Afinal, o alvo era ela. O que não limpava nem um pouco sua barra.

Ela sacou o pistolete e apontou para o criminoso.

— Eia! Eia! Não vá atirar no meu prisioneiro antes de me pagar a recompensa. Tive que trazê-lo desde Águas Claras.

— E quem é você?

— Me chamo Diva. No momento atuo como uma caçadora de recompensa; e tenho uma recompensa a coletar.

Lisa olhou para Rara, que estava com a mão no rosto inchado, e fez um gesto para que ele pegasse 150 tíquetes de crédito no banco de Mina-Negra em nome do governo de Maloritar. Ele assentiu. Seguiu rapidamente pela rua principal.

— Tem que me perdoar, delegada Lisa — choramingou Téde. — Juro que sou sujeito mudado.

— Só agora me chama de delegada? Que pena pra você. Podia estar do meu lado, ainda sendo um agente da lei. E Guto… ainda estaria vivo!

— Eu sei que errei. Sei que é gente boa e vai me perdoar.

Utah saiu pela porta da delegacia limpando a boca de baba e sangue com uma toalha encardida. Surpreendeu-se ao ver Téde de volta à cidade. Depois olhou para a zeemeeana que o trouxe. Imaginou ser "o forasteiro" que o moleque Sussurro havia mencionado havia pouco, quando estivera ali. Afinal, ele dissera que não havia "o" visto direito.

— Você. Onde capturou esse vagabundo?

— Não te interessa.

— Sou um agente da lei, veja como fala ou te ponho no xadrez.

— Eu já disse pra delegada, não tenho que dar satisfações a você.

— Quietos! Se ficarem aqui, enchendo meus ouvidos de picuinhas, estouro os miolos dos dois! — disse a delegada, sem tirar os olhos de Téde.

Rara voltou com o dinheiro e entregou para a forasteira. Diva contou 150 tíquetes de créditos. Grunhiu. Depois reclamou:

— E quanto ao adicional? Eu podia ter entregado esse patife em qualquer delegacia antes de Mina-Negra.

A zeemeeana tinha razão. Fora Lisa que havia mandado imprimir as letras miúdas do cartaz de *procurado*. Criminosos quase nunca eram devolvidos com vida. Agora estava ali, o maldito que assassinou seu marido. Era justo que Diva ganhasse um extra, no entanto, não tinha de onde tirar tíquetes para pagá-la.

— Vá ao Coice de Ga. O dono é meu pai. Diga que estou lhe devendo 50 tíquetes e ele vai te dar consumação equivalente. É o melhor que posso fazer.

— Tudo bem. — Diva usou o scanner de pulso criado por Pipo para digitalizar os tíquetes que ganhou. Balançou a cabeça. — Foi ótimo fazer negócios com a senhora, delegada. Obrigada.

Utah cuspiu quando a zeemeeana deu meia-volta com sua montaria.

— Não apronte enquanto estiver na minha cidade! — advertiu a delegada.

— Não vou — disse Diva, rindo. — Eu *acho*.

Lisa também pensou que a zeemeeana era "o forasteiro" que Jone alertara. Entretanto, naquele momento, a delegada só tinha retaliação na mente. Não se importava com uma possível bagunça estrangeira.

Era conveniente que o doutor de doenças gerais ainda estivesse ali. Téde iria ganhar uma remoção dos dentes molares... precisasse ou não.

Conhecia Diva desde que era um garotinho. Lembrava-se dos anos em que viveram nos lixões do Vale de Usso, perto do Monte Pono, em Zeemee. Diva era a maior deles, a fêmea, a mais forte. Em seguida vinha Pipo, depois ele, Gilgar. Eram grandes amigos.

Eram.

Diva e Pipo tinham um relacionamento amoroso secreto, que se recusavam a assumir. Ele havia os visto uma vez, no momento do ato. Gilgar não estava apaixonado por ela nem, tampouco, pelo outro; contudo, sentia um aperto ruim no peito, um desamparo. Ele era o terceiro braço, inútil, morto. Então veio Selma, a terrana. Gilgar gostava dela. Mas mesmo a estranha entre os zeemeeanos tinha mais espaço que ele no grupo. Era mais carismática. Pareciam gostar mais dela. Os Piratas da Diva cresceram bastante, e mais, e mais. Logo tornaram-se o terror das galáxias. Aquela infância em que viveram felizes, cheios de união, ficou para trás. Em todas as missões que a capitã liderava, seus parceiros eram Pipo e Selma. Gilgar não era incluído. Ele não se sentia mais necessário. Nem querido. Uma raiva lhe enchia o coração.

Decidira roubar o máximo que pôde dos Piratas da Diva para depois sabotar o cargueiro que uma vez chamou de lar. O que ele não sabia é que, minutos depois de executar o seu plano com habilidade assassina e usado uma nave menor para sua fuga, uma terrível tragédia envolvendo os piratas zeemeeanos e um povo crocodiliano viria a acontecer.

Pensava ser providência cósmica. Todos estavam mortos, exceto ele. Exceto o traidor. Chorava de tristeza. Tantas lembranças agridoces.

Certo dia encontrara camaradas de um grupo pirata amigo de Diva. Leto, o líder, era um sujeito bacana. Gilgar contara sobre a tragédia espacial, as explosões e as milhares de vidas perdidas.

— Que horrível — Leto dissera. — Você deve estar se sentindo péssimo.

— Não fosse Diva me dar uma missão paralela — ele mentira. —, provavelmente eu teria morrido também.

Os Piratas de Leto ouviram a história de Gilgar com profunda tristeza. Tinham Diva e seus compinchas não como irmãos, mas primos, o que não fugia de grande camaradagem.

— Junte-se a mim — Leto dissera. — Sempre quis que estivesse entre meus comparsas. A situação é triste, mas não há momento melhor para essa adição.

Gilgar não titubeara. Embebedara-se de felicidade naquela noite. Fazia parte de um grupo de piratas outra vez, um que o valorizava.

Meses depois, no Bar do Marmug, Gilgar vira-os vivos: Diva, Pipo, Selma. Os três, sempre eles. Todos os sentimentos vieram ao mesmo tempo. Raiva, medo, tristeza. O que fazer?

Leto convidara-os para se juntar numa festança e, enquanto isso, distante, oculto, Gilgar pensava em como deveria agir. Será que seu novo capitão iria mencioná-lo vivo?

Logo Diva e Leto se desentenderam e Gilgar pôde fugir daquela situação. Mas estava embaraçado. Não sabia o que fazer. Deserção entre piratas era desonroso a nível de ser caçado até a morte.

Quando Diva soube que Gilgar estava vivo, mesmo o zeemeeano pudera ver a felicidade nos olhos chorosos de sua amiga de infância. Também em Pipo, até na Selma. Encontraram-se por acidente no Comércio das Trevas na Zona Morta de Alpha Centauri. Leto conhecia o código de honra e, mesmo tendo tido desavenças com a antiga capitã de Gilgar, sabia que o correto era ele voltar ao seu velho bando. Naquela situação, não seria deserção dos Piratas de Leto.

Porém, Gilgar não quis voltar. Os Piratas da Diva eram um trio, a sombra do que uma vez foram, uns pedintes. Isso pesou na balança, bem ao lado de não se sentir querido pelos velhos amigos e a terrana intrusa. Preferia o novo capitão. Finalmente pertencia a alguma coisa.

Diva dissera que ele se arrependeria dessa escolha. Não esperava tamanha traição de um amigo de infância.

— Vocês estavam mortos — dissera Gilgar. — Meu lugar agora é com Leto!

— Leto é um imbecil! — retrucara Diva.

— Por quê? Por que esnobaram sua amiguinha terrana?

— Selma é como uma irmã para mim — dissera ela. — E você também era!

Pipo e Selma encararam o antigo parceiro estarrecidos. Pareciam não mais reconhecê-lo. Piratas podiam ser muitas coisas, mas mesmo eles tinham suas regras. E a mais sagrada de todas, Gilgar estava quebrando-a. Diva só não o matara ali mesmo por ele estar com reforço, mas, quando Leto soube disso, não quis comprar briga. Temia muito a zeemeeana.

— A menos que tenha o perdão e dispensa de Diva, não posso te aceitar no meu bando. Não é certo. Sinto muito.

Diva fez as portas vaivém do Coice de Ga rangerem. Era um momento em que o zhyngarista havia tirado uma pausa da música para beber um copo de gôbin e fumar um cigarro terrano A maioria dos clientes do Coice de Ga olharam para a recém-chegada com dureza. Fêmea, forte e forasteira. Destacava-se demais para não ser encarada.

A zeemeeana andou até o balcão e o único que não parecia lhe olhar torto era o moleque espinhento que havia visto pouco antes, na rua, quando procurava a autoridade de Mina-Negra. O garoto acenou com a cabeça e Diva devolveu o cumprimento com um suave movimento do chapéu que usava. Ela escorou-se na tábua de atendimento e indagou:

— Quem aqui é o pai da delegada?

Willar ajustou os suspensórios nos ombros e ergueu o queixo, desafiador:

— Quem quer saber?

— Meu nome é Diva. No momento, caçadora de recompensas. Vim aqui porque sua filha me deve 50 tíquetes de crédito e disse que posso ter esse valor em consumação no seu estabelecimento.

— E por que minha filha, a delegada da Vila da Mina-Negra, deveria algo para uma forasteira estranha igual a você?

— Porque uma forasteira estranha igual a mim trouxe um procurado chamado Téde para ela. Vivo. E ela me pagou 150 tíquetes, mas não pôde me pagar o adicional de 50 se o meliante fosse entregue em Mina-Negra. Ou seja, por isso ela me deve!

Willar balançou o bigode branco e se empertigou.

— Entendo — resmungou. — O que vai querer?

— No momento, gôbin aquecido. Há conexão intergaláctica nesse fim-de-universo?

— Sona — disse o moleque que sussurrava. Ele estava ajoelhado no chão um pouco afastado. Esfregava vômito de uma cadeira. — É uma moça de olho puxado. Ela lida com essas coisas de tecnologia complicada.

— Bom saber.

Willar serviu gôbin numa caneca aquecida em uma chapa de ferro.

— Beba — ele disse.

— Botou veneno dentro da dose, é? — Diva zombou.

— Gostaria?

— É louco? Por que eu beberia veneno?

— Então por que perguntou?

— Eu queria ouvir a resposta. Quer dizer que não tem. Beberei. — E bebeu.

Willar olhou para Jone, que encarava com curiosidade a forasteira. Diva pediu mais um caneco. Estava sedenta por gôbin de qualidade havia dias. Outra dose foi servida. Na segunda, ela apenas molhou os lábios.

— Tem um ambiente louvável aqui, velhote. É uma boa taberna, há excelente bebida e os clientes parecem ser camaradas. Buscam diversão e não briga.

— Alguns enxergam briga como diversão — disse ele, seco. — O que quer nesta cidade, forasteira?

— Ora, uma zeemeeana não pode ir e vir neste planetoide? Não estou ofendendo ninguém. Vim até Mina-Negra porque tinha um procurado a entregar.

— Mas não é só por isso que está aqui, não é?

Diva tinha um brilho nos olhos. Bebericou o gôbin e disse:

— Talvez.

— Se é encrenca, dê o fora da minha cidade.

— Sua cidade? É o dono do povoado?

— Não, mas...

— Mas, *mas*... ah! Eu não estou aqui para encrenca, velhote. Está cheio dos não-me-toques. Na verdade, sigo de passagem. Farejo o rastro de um bandido. Duvido que ele tenha parado ou sequer passado por aqui. Acho que meus amigos devem ter tido mais sorte que eu.

Sussurro olhou para Willar de novo e o velho devolveu um olhar nervoso para ele. Era uma encarada que dizia "mantenha esse bico fechado". O rapaz entendeu: nada falou, deixou o silêncio continuar como estava.

O zhyngarista voltou a fazer música e o ambiente pareceu ficar mais alegre.

— Me dê mais duas garrafas de gôbin aquecidas, velhote, e estamos quites.

Willar entregou as bebidas e a forasteira saiu de suas vistas. Quase acreditava que a forasteira estava perseguindo o zeemeeano que apareceu em Mina-Negra pouco tempo antes. No entanto, Lisa teria aparecido caso fosse algo a se preocupar, ele pensou, com certeza sim. Mal sabia ele que a delegada estava em uma sessão de tortura pela qual ansiou por muito tempo.

Diva perguntou para umas moças jogando carteado sobre uma maloritana de nome "Sona". Precisava de uma chamada intergaláctica.

Uma das garotas, de nome Bela, disse que a amiga havia se ausentado para atender outro cliente.

— Um momento, irei chamá-la.

— Muito obrigada. — Diva abriu uma das garrafas de gôbin, sentou-se numa cadeira vaga e deu um gole direto do gargalo.

Ainda esperava pela jovem maloritana quando uma das outras três moças que jogavam cartas fez a pergunta que mudou o rumo daquela noite para pior.

— Se perdeu do seu amigo?

— Hum. O quê?

— É que outro zeemeeano está no Coice de Ga. Pensei que pudessem ser conhecidos. Ambos precisaram de chamadas intergalácticas.

Diva lambeu os lábios. Empertigou-se na cadeira e viu-se com o coração batendo pesadamente no peito.

— Por acaso ouviu o nome do zeemeano?

— Não.

— Ah.

Bela voltou do segundo andar do Coice de Ga fazendo um gesto para que Diva aguardasse um momento.

— Na verdade, acho que ouvi sim — disse a moça, embaralhando as cartas com maestria. Forçava os pensamentos numa careta divertida. — Acho que é "Gilmar". É Gil-alguma-coisa.

Diva sentiu-se petrificada com essas palavras.

Ignorou o mundo à sua volta por uns instantes e desdobrou o velho cartaz de *procurado* de Gilgar que tinha dentro do bolso da camisa. Todos dos Piratas da Diva tinham um prêmio por suas cabeças.

— Estamos falando desse sujeito?

A garota olhou com curiosidade para o papel desdobrado.

— Não — disse firmemente. — O que está na sala de comunicação tem cabelo grande e... — Olhou para Diva, percebendo o suor escorrendo pelas têmporas, depois retornou para o cartaz e imaginou o zeemeeano do papel com barba e cabelos grandes.

Era ele. Ela tinha certeza.

Gilgar não era nenhum tolo. Desde a desfeita de Leto, passou a suspeitar de tudo e todos. Sabia que estava sendo caçado pelos Piratas da Diva. Tinha seus informantes e mantinha-se muito bem informado. Sabia que ela estava em Maloritar. Sim, mas não imaginava que tão perto. Era Diva, ali, naquele fim-de-universo, pronta para matá-lo.

— Maldição!

Recuou. Sona ficou o encarando com curiosidade, a postura recatada, aguardando-o na porta da sala do comunicador intergaláctico. Gilgar ficou de costas e checou as porcentagens de energia de suas pistolas laser e as viu em 90%. Ótimo. Imaginou que uma situação de refém faria Diva ficar paralisada. Podia ser durona por fora, mas, como a conhecia desde criança, sabia que ela tinha coração mole.

— Algum problema, senhor? — Sona aproximou-se. — Está se sentindo bem?

Ouviu os passos pesados da antiga amiga pisando duro escadaria acima.

Ele sacou uma das armas, agarrou a maloritana num movimento ágil e preparou-se para a batalha.

— Me solta!

Diva deixou a mão cair no cabo do pistolete de energia que pendia de sua anca direita. Bela desmaiou de susto no corredor do segundo andar do Coice de Ga e caiu escorada no parapeito interno do bar, de modo que parecia estar de pé.

Gilgar prendia Sona com o braço musculoso e empurrava o cano da pistola laser na coluna da maloritana. Diva via uma expressão de desespero no rosto dele, tanto quanto da refém que ele aprisionava. Contudo, o maldito era astuto. A zeemeeana não viu essa ação vir de repente. Pretendera entrar na sala de comunicação para saraivá-lo de queimaduras de luz, mas ele era mesmo esperto. Muito mais do que imaginava. Doía-lhe na alma ver um amigo tão antigo preferir a morte a voltar ao seu bando de piratas.

— Gilgar, larga essa arma! Cadê sua honra?

— Isso vindo logo de você? — Ele soltou um riso seco.

Sona derramava lágrimas de horror.

— Por favor, não me mate!

Lá embaixo, no primeiro andar, Jone notou algo estranho. Ouvia um choro feminino entre uma algazarra sem tamanho; risos, copos batendo em mesas e teclas de zhyngar. Era um murmúrio quase indiscernível. Os forasteiros se encaravam no andar superior. Diva estava confrontando o primeiro que chegou na cidade: o sujeito tinha Sona presa em seus braços. Jone deixou de escovar o assoalho e se levantou para avisar seu patrão do problema iminente.

Willar sacou a carabina iônica do pai e berrou para os agentes da lei que estavam de folga no Coice de Ga. Não entenderam o porquê de o proprietário da taberna estar armado, mas o velho gesticulou com dois dedos para olhar em direção à sala de comunicação do segundo andar; eles logo viram o que se passava.

— Ei! Vocês! Parem aí! — um dos agentes da lei gritou, bêbado, não pensando nas consequências de suas ações.

Gilgar assustou-se com o grito vindo do andar inferior e atirou pelas costas de Sona. A maloritana morreu quase de imediato, e a rajada de luz que saiu pela barriga dela alvejou Diva de raspão. A zeemeeana sentiu a ferroada do disparo nas costelas, tombou para trás e caiu do segundo andar em uma mesa cheia de copos e maloritanos jogando cartas.

Lisa, que se divertia arrancando dentes de Téde, parou bruscamente o que estava fazendo quando ouviu som de disparos de armas de energia. Era comum que ouvissem um tiro que outro, mas não vindo da direção do Coice de Ga. O Coice de Ga era um lugar tido na região como sagrado. A delegada se espantou ao escutar um disparo de carabina seguido de vários de pistoletes de energia.

Ela jogou Téde em uma jaula qualquer e deixaram o doutor de doenças gerais tomando conta dele.

Os agentes da lei que bebiam no Coice de Ga haviam ignorado o fato do zeemeeano ter feito Bela de refém e o enfiaram rajadas e mais rajadas de raios luz sem sequer um aviso. A maloritana serviu a Gilgar como um bom escudo de carne, embora ele tenha saído ferido de tanta chuva de fogo.

Quando a primeira onda de disparos cessou, ele tomou ar e se ergueu com um ímpeto de pistoleiro e descarregou as pistolas laser naqueles que tinham as armas de longo alcance. Aconteceu de Willar ser um desses. Mas o que foi voltou. Um zeemeeano sozinho não iria vencer um estabelecimento cheio de gente com fúria nos olhos. Gilgar foi alvejado no ombro direito e desabou no chão, gritando de dor.

— Mãos para o alto! Aqui quem fala é a delegada! Você não tem para onde ir!

Com a boca suja de sangue, começou a gargalhar.

Lembrou-se de Diva, Pipo, Leto. A vida que tivera. A sujeira, Zeemee, também a pirataria. Não foi uma vida que valeu a pena.

Gilgar botou o cano de uma das pistolas em sua boca e puxou o gatilho.

Diva não morreu nem quebrou nenhum osso na queda, mas estava bastante ferida. O que aconteceu ao Coice de Ga depois de seu desmaio havia sido o caos, e não estava nada feliz em saber que Gilgar morrera. Ouviu as vozes de maloritanas que consolavam as choronas, também escutou os lamentos de agentes da lei sobre a morte do taberneiro.

Maloritanos rodeavam a delegada ao lado do cadáver do pai e prestavam suas condolências. Quando Lisa viu Diva de pé, avançou em sua direção. Ela a socou três vezes, até que a zeemeeana caiu sentada numa cadeira.

— Foi por sua causa que o meu pai morreu. A culpa é toda sua!

— Eu estava desmaiada!

— Mentira! — Jone se fez ouvido. A voz sussurrante assemelhava-se a um balido agudo. O menino chorava a morte do patrão. — Você estava atrás do outro forasteiro. Se não o tivesse pressionado, ele não teria feito o que fez. Teria passado por Mina-Negra sem que ninguém o notasse!

Diva apenas baixou a cabeça e aceitou a punição que pensou que receberia. Também estava abatida emocionalmente. Mas não recebeu nenhuma. A delegada a deixou de lado e voltou ao corpo do pai para chorar. O subdelegado, porém, andou até zeemeeana e lhe deu mais um soco, depois disse:

— Pegue o seu "prêmio" e saia daqui! Nunca mais queremos ver você nessas terras, entendeu bem?

Diva cuspiu o sangue dos lábios cortados e baixou os olhos. Fez que sim. Não mais voltaria para Maloritar.

Um dia depois, a zeemeeana estava sentada diante de uma fogueira. O cadáver de Gilgar cheirava forte e podia atrair feras selvagens maloritanas. Ferida, não sabia se seria capaz de lutar para se proteger.

Não conseguia contato com Selma nem Pipo, mas sabia que, se demorasse a responder, eles viriam até Maloritar para procurá-la. E não seria difícil de ser rastreada, pois pintava de sangue o símbolo secreto dos Piratas da Diva nas rochas brancas das tundras daquele planetoide.

Numa intensa nuvem de tristeza, pegou uma pedra pontuda do chão e começou a cavar o solo frio. Apesar de Gilgar ser um traidor, ele ainda representava um pedaço importante de sua vida. Merecia uma cova.

Diva sabia que não teria sobrevivido à sua infância miserável sem ele. Provavelmente não. Ele era um irmão de outra mãe. E por isso doía a deserção.

Doía muito.

O Cubo de Ogeid

O cruzador espacial da Federação de Justiça Intergaláctica não dava trégua. Os raios iônicos vinham certeiros, quebrando escudos e neutralizando as suas reativações. Pipo era um engenheiro incrível; contudo, fazendo tudo sozinho e agindo sob pressão, não dava conta de reparar tantos estragos.

— Cuidado! — Diva gritou.

Selma estava nos manches da Andorinha, como de costume, pois era a melhor piloto do grupo — mesmo assim, quase foi de encontro a uma rede de captura da polícia espacial. A terrana, porém, conseguiu desviar da armadilha e livrar o trio da prisão certa.

— Pipo, quanto tempo para o reparo do estibordo da Andorinha? — Diva perguntou.

— Estou indo o mais rápido que consigo.

— Então se apresse! — Voltou-se para Selma e, segurando-se nas paredes internas da nave devido à trepidação causada pela falta de escudo defensor, ela perguntou: — Consegue tirar a gente daqui?

— É a minha intenção, capitã... — E fez a Andorinha dar um giro de 360° graus para desviar de raios iônicos e disparos de outros caças da polícia. — Mas há naves em qualquer lugar que eu olhe: cima, baixo, frente e trás. Eu odeio ter que admitir isso, mas provavelmente vamos ser capturados.

— Não diga uma coisa dessas! — Diva gritou, só que mais raios vieram e acertaram os escudos fracos da Andorinha. A nave não aguentaria por muito tempo: era um caça espacial, fazia entradas, atacava e batia em retirada. Desde o acidente que dizimou a tripulação pirata de Diva no que ficou conhecido como "a tragédia crocodiliana", o trio remanescente não havia conseguido se recuperar. Isso até agora, quando finalmente tinham colocado as mãos no Cubo de Ogeid. Porém nem Diva nem os outros dois imaginavam que estavam caindo direto na armadilha da Federação de Justiça Intergaláctica.

Recebiam a notificação no painel da Andorinha com os dizeres:

"Rendam-se agora! Acendam as luzes néon da Andorinha-2705 em vermelho, paralisem a nave a ponto-derivante e não façam nada brusco. Tudo o que disserem poderá ser usado contra vocês no tribunal."

— E a hipervelocidade, Selma? — Diva indagou, sentindo o coração bater forte no peito.

— Neutralizada. Enquanto estivermos na zona de nulificação da polícia, não podemos ativar a tração cósmica.

— Você tentou?

— Não vai dar certo, capitã!

— Você *tentou*?

Diva viu Selma franzir o cenho e forçar uma manobra arriscada com a Andorinha para fazer o retorno na barricada policial. E tomando espaço o bastantc para ativar a tração cósmica, a piloto fez a nave percorrer um longo percurso sideral e ativou a válvula de hipervelocidade. Entretanto, não teve o resultado desejado — foi como clicar o interruptor de uma lâmpada queimada.

— Entendeu? — Selma gritou. — *Entende* agora?

— Você pode se enfurecer comigo à vontade, estou tentando ter ideias que nos tirem daqui.

— Então pense, capitã. Pense!

Fácil falar, Selma. Realmente faltavam ideias. Estaria sendo mais útil se estivesse no controle das armas da Andorinha; no entanto, este outro recurso fora neutralizado também pela nulificação da Federação de Justiça Intergaláctica.

— Diva, consertei os escudos — Pipo disse de repente. — Porém o núcleo não vai energizar mais barreiras se o campo de força cair outra vez.

A capitã ficou indo e vindo dentro da Andorinha. Selma desviava dos disparos com maestria e Pipo ficou preparado para qualquer ordem que fosse dada. A relíquia de Ogeid zunia nas mãos de Diva, um objeto cúbico multicolorido que tinha um botão em um de seus seis lados. Diziam as lendas que podia realizar desejos, que qualquer coisa podia acontecer ao se pressionar o botão.

— Não acho uma boa ideia — Pipo disse ao perceber que sua capitã estava olhando com intensidade para o objeto.

Uma nova mensagem da Federação de Justiça Intergaláctica apareceu no painel da Andorinha:

"Último aviso. Rendam-se! Acendam as luzes néon em vermelho, paralisem a nave a ponto-derivante e não façam nada brusco. Não iremos notificar novamente. Estamos atirando para errar. Todavia, se recusarem-se a seguir as ordens, seremos forçados a destruir a Andorinha-2705."

Contudo, mesmo enviando essa mensagem, um raio iônico acertou em cheio a nuca da nave pirata, desestabilizando a gravidade artificial. Diva voou contra o teto e Pipo foi lançado em direção a Selma. A piloto foi a única que se manteve firme, já que usava travas de assento.

— É o fim... — a capitã disse. Pipo ainda grunhia de dor sobre o colo de Selma. A Andorinha rodava, o cruzador e caças da Federação de Justiça Intergaláctica se aproximavam para capturá-los. — ...a menos que experimentemos o cubo.

Selma empurrou Pipo de cima de si e com esforço se aproximou de Diva. O engenheiro rolou desajeitado pelo chão, de modo que ficasse perto das duas camaradas.

— Então, o que fazemos? — Selma perguntou.

Diva viu um olhar que clamava respostas no rosto da terrana do trio, também enxergou o mesmo desespero no amigo zeemeeano. Decidiu que teria postura, seria a estrela-mor daquela constelação.

— Coloquem as mãos em cima do cubo. — Selma e Pipo fizeram como dito. A polícia se aproximava. — Tenham em mente que nós vamos sair daqui vivos. Que a Federação de Justiça se exploda! Sobreviveremos e nos uniremos outra vez, nem que tenhamos que atravessar o universo para nos reencontrar. De acordo?

— Sim — os outros dois disseram em uníssono.

— Então é isso.

Diva apertou o botão e aquele ato fez surgir uma supernova.

Sato acordou bem-disposto, apesar de ser temporada de nevascas e de receber uma mensagem de trabalho de seu parceiro de polícia, Kawu, no comunicador neurológico cedo da manhã. Um crime havia ocorrido. Não tinha certeza de que tipo. Demorou cinco minutos para chegar na cena do incidente. Ele deu uma olhada no cadáver espatifado no calçamento de um bairro nobre zeemeeano e franziu o nariz.

— O que foi que aconteceu aqui? — Sato perguntou ao parceiro. — Tentaram fazer patê ao ar livre?

— Eu sei tanto quanto você. Estou esperando a senhorita Mimi para saber como prosseguir com o caso. O jovem que mora nessa casa da frente saiu para farrear com os amigos ontem à noite e, ao voltar hoje pela manhã, teve essa visão de encher o apetite. Como pode ver, é o cadáver de uma estrangeira. O cabelo dela é negro.

— Não estereotipe, Kawu. Nem todos os patês de cabelo negro são de Zeemee de Cima.

— *Provavelmente* uma estrangeira, então.

Sato sorriu.

— Venha, deixe os forenses cuidando do corpo. Enquanto isso, que tal uma bebida terrana?

— Café?

— Sim.

— Boa ideia.

Ambos os detetives foram até uma cafeteria a duas quadras do local do incidente. Quando retornaram, de longe observaram um alvoroço e ouviram vozes exaltadas. Sato não conseguiu visualizar para quem as armas apontavam, nem o seu parceiro teve um vislumbre. Uma onda de arquejos e disparos de armas de energia foram ouvidos, de repente um corpo irrompeu em direção às nuvens e todos os presentes ficaram pasmos com o ocorrido. Eram unânimes os testemunhos: a zeemeeana que estava morta e espatifada no chão *ganhou vida e sumiu no céu.*

— Você pode não acreditar em mim, detetive. Mas tem muitas outras pessoas aqui presentes que viram a mesma coisa que eu vi! Eu não estou louca!

— Nos conte o que *você* viu, senhorita Mimi. Desculpe se eu soar grosseiro, mas queremos saber o que os seus olhos enxergaram, não os dos outros — Sato disse.

— Eu já falei! Eu estava analisando, colhendo possíveis evidências, então eu vi que os tecidos da pele, os ossos e todo o resto daquela fêmea se regenerava. Em dado momento estava inteira, como se nunca tivesse sido espatifada. Os olhos abriram e ela ganhou *vida*. Não estou louca, eu juro. Tem que acreditar em mim! — Mimi botou a mão esquerda sobre a testa, como se medisse a temperatura de si própria. — Juro, por minha família e honra. Eu juro que foi isso o que aconteceu! Que caia um asteroide na minha cabeça se eu estiver mentindo.

— Tudo bem, senhorita Mimi. Acalme-se — Sato disse. — Vá se sentar e tome um pouco de ar.

Sato atravessou a faixa de isolamento e foi para perto de onde o corpo estivera. Queria qualquer coisa, mas não encontrava evidência de ter havido uma morta naquele lugar momentos antes.

— Ei, Kawu, venha aqui um momento. Me empreste seu ampliador de visão. — O parceiro emprestou. Sato rodopiou a ferramenta nos dedos, ponderando a estranha situação. — O que você acha que aconteceu aqui?

Kawu não era do tipo de sujeito que ficava em silêncio nem deixava de fazer piadinhas ruins nas piores situações possíveis, mas, naquele momento, estava em silêncio sepulcral.

— Ainda estou digerindo essa loucura. E você, tem um palpite?

Sato analisou o solo através do cristal ampliador.

— Não sei, esse tipo de coisa não está nos livros da academia.

— Verdade. Eu não me tornei detetive acreditando no paranormal. — Não havia sangue, não havia carne, tampouco ossos quebrados. Era difícil de engolir. Nenhum dos dois acreditaria se eles mesmos não tivessem visto o corpo espatifado momentos antes.

— Sente esse cheiro? — Sato fungou.

— Cheiro? Cheiro de quê? — Kawu começou a fungar também. — Estou resfriado. Não consigo sentir cheiro de nada.

— O cheiro de sangue ainda está no ar.

— Fala sério!

— É real. O corpo realmente esteve aqui. O aroma paira no ambiente.

— É *inegável* que o corpo esteve aqui.

— Hum.

De repente, Sato reparou em algo que antes não havia visto — agachou-se e pôs a mão na calçada. Quando se ergueu, ele tinha um grande fio de cabelo negro entre seus três dedos da mão direita. Olhou para Kawu com um sorriso enviesado. O amigo devolveu a risada.

— Senhorita Mimi!

Ela levantou-se de onde estava sentada, ainda lânguida pelo susto.

— Sim, detetive Sato?

— Tem consigo uma esfera de Zeemee?

— Sim, eu tenho.

— Preciso de uma, por favor.

Sato armazenou o fio de cabelo na esfera semitransparente com satisfação nos olhos.

— O que é isso? — ela quis saber.

— Uma prova de que não estamos loucos.

— É o fio de cabelo da morta-viva — disse Kawu, revirando os olhos. — Sato gosta de fazer drama.

Sato ignorou Kawu.

— Preciso que tente descobrir a identidade da Cabelos-Negros — ele pediu a Mimi.

— Não parece ser coisa simples. — Ela recuou a mão da esfera.

— Provavelmente não.

— Claro que não! — Kawu precisou dizer. — Esse tipo de situação é sem precedentes. Piora o caso se a morta-viva for mesmo de Zeemee de Cima.

— Você não está ajudando, Kawu! — Sato grunhiu.

— Por que omitir isso de mim? — Mimi arquejou. — Ah! Pense no quão trabalhoso isso pode ser, detetive Sato! Supondo que essa tal Cabelos-Negros estivesse aqui legalmente, eu teria que emitir um pedido de investigação federal à embaixada de Zeemee de Cima, supondo que ela *seja* de Zeemee de Cima, e levaria semanas para obter resposta. E se estiver aqui ilegalmente, aí é onde complica mais; em vez do pedido de investigação ir à embaixada, iria à União Interplanetária do Sol Lilás. Não sei se você se lembra, detetive, mas Zeemee de Cima não gosta muito de nós daqui de Baixo. Uma investigação dessas seria malvista. — Vendo a expressão no rosto de Mimi enquanto ela dizia isso, Sato já se sentiu cansado. — Talvez nem esteja na minha alçada.

Kawu fez uma careta para Sato. Era como se dissesse: "ela tem razão".

— Senhorita Mimi, por favor — ele insistiu.

— O que me pede exige muito de mim, detetive.

— Faça sem pressa. Se não der em nada, paciência.

Ela relutou um pouco, mas logo disse:

— E o que eu ganho com isso?

— Faça o favor que pedi e ficarei te devendo uma.

— Você ficar me devendo uma? É. Isso eu posso aceitar.

— Então estamos acertados. — Entregou a Esfera de Zeemee, e apertaram as mãos.

— Certo, certo. Vamos embora — disse Kawu, queimando os beiços no café. — Quero tomar a bronca do capitão Namo logo. Essa história vai ser um prato cheio para ele descarregar o ódio acumulado em nós.

Sato, esquecido do velho carrancudo, bufou em frustração. Namo jamais acreditaria na história de uma zeemeeana espatifada que ressuscitou e sumiu no céu, embora muitas testemunhas pudessem corroborar o que viram. Viviam na era da tecnologia e nada de fantástico assim poderia ser realizado com as engenhocas atuais.

Sentados diante da mesa de Namo, na delegacia, relatavam o ocorrido.

— Uma morta-viva de cabelos escuros? — O velho balançou o bigode branco enquanto encarava os olhos de Sato. Kawu roía as unhas de seus três dedos da mão esquerda. — Andaram bebendo em serviço ou estão brincando com a minha cara?

— Estamos falando sério, senhor. Sei que parece loucura, mas é real.

— Real, é? Tem vídeos disso? Imagens? — Sato enviou uma mensagem neurológica para Namo contendo os arquivos. O velho abriu as pastas e acessou mentalmente o requerido. Ele visualizou a primeira foto através de lentes de contato e fez cara feia para o cadáver da Cabelos-Negros. Continuou avançando pelas fotos e balançou ainda mais o bigode. Por último, ele viu um vídeo: tratava-se de uma gravação feita pela forense enquanto ela descrevia o que enxergava. O vídeo não captou a Cabelos-Negros revivendo.

Namo voltou os olhos para Sato e perguntou:

— É isso?

— Sim, está tudo aí.

Kawu cuspiu uma lasca de unha.

— Então estão dispensados.

Sato e Kawu se entreolharam.

— Estamos com o caso? — Sato perguntou.

— Estão bêbados, ou o quê? — O velho deu um golpe na mesa. — Não há caso! Não há um corpo! Mesmo que eu acredite nessa ladainha de vocês, tudo o que vejo nessas imagens é uma morta. Nada desse conteúdo dá indícios de que ela reviveu.

— Mas, capitão, nós estávamos lá — Sato refutou. — Há policiais do 8° departamento que a viram reviver. A forense. *Civis*!

Kawu se levantou e tentou puxar Sato pelo braço.

— Obrigado por seu tempo, capitão Namo. Voltaremos ao trabalho.

— Não me puxe, Kawu, ainda não acabei.

— Está dispensado, detetive. — Namo o encarou. Sato não fez movimentos para ir embora. — Escute aqui, seu canalha arrogante. Não pense que porque é um excelente detetive eu vou deixar você desacatar ordens. Há mil outros casos por aí nas ruas de Zeemee de Baixo esperando por uma investigação, solucione um deles. Ponha essa Cabelos-Negros de lado e siga adiante. E se eu ouvir um *piu* sobre a morta-viva de novo, faço questão de te dar um mês de suspensão sem salário, está me ouvindo. Um mês! Agora suma da minha frente antes que eu imprima os documentos e faça esse afastamento acontecer agora mesmo!

Sato se levantou furioso. Deu as costas ao capitão e saiu pela porta, fazendo-a bater ruidosamente.

Duas semanas haviam se passado desde que viram a Cabelos-Negros. Embora uma rotina policial fosse sempre diferente dia após dia, Sato não se esquecia do caso da zeemeeana que ressuscitara e sumira no céu. O cheiro do sangue no ar que sentira naquele dia ainda estava vívido e enraizado em suas narinas. Já Kawu não dava a devida importância — quando lhe era perguntado sobre o incidente, ele fazia parecer que acontecera numa vida passada.

Era mais um dia comum em Zeemee de Baixo quando Mimi apareceu à sua mesa na delegacia do 8° departamento.

— Detetive, tem um momento?

Sato girou a cadeira, olhou para cima e encarou os olhos dela.

— Claro. O que me conta?

— Depende de você.

— O que quer dizer?

Mimi tinha um sorriso travesso nos lábios.

— Um *favor* por um *favor*, lembra?

— Talvez.

Kawu, que estava sentado do outro lado da mesa, saiu do transe das imagens neurológicas e prestou atenção no que diziam. Percebeu os dois bonitinhos se encarando e se segurou para não debochar da doçura daqueles flertes velados.

Mimi puxou uma cadeira para si e se sentou perto de Sato.

— Você se lembra de que havia me pedido para examinar o DNA da morta-viva? Pois então: "Diva" é o nome dela. É de fato uma nascida na Zeemee de Cima, mais especificamente na *baixa* Zeemee de Cima.

— Uma pobretona entre os ricos — Kawu interveio.

— Ainda assim, mais rica que qualquer um de nós três — Sato comentou. — Eu acho.

— Ela entrou no país ilegalmente, e como isso aconteceu? Bem, na verdade, foi bem mais fácil de descobrir do que eu imaginava. Diva é a líder de um grupo de piratas espaciais, uma bem casca-grossa. Os agentes da Federação de Justiça Intergaláctica estavam malucos querendo capturá-la. Mas sabe o que é engraçado?

— Hum.

— Diva foi dada como morta a 64 quadrantes daqui.

— Caramba! — Kawu deixou o queixo cair.

— E, calculando por cima a distância exata de 64 quadrantes espaciais de Zeemee, chego no resultado da galáxia de Alpha Centauri. É beeeeeem longe daqui.

— Alpha Centauri? — Sato olhou para o teto, recostado na cadeira, estupefato. — Como isso é possível?

Mimi balançou o dedo indicador como se soubesse que isso seria questionado.

— Se olhar nas últimas três imagens, verá um caça de combate caído no Monte Pono. — Sato folheou as fotos enquanto Kawu aproximou-se para espiar sobre o ombro do amigo. — Foram tiradas uma semana atrás. E, no registro de locação de imóveis do mês cinco nos arquivos digitais da Polícia Federal de Zeemee de Baixo, há uma zeemeeana com conta intergaláctica que alugou um casebre pela região. Na fatura do pagamento o nome consta como: "Diva de Cima". Um deslize da parte dela, acredito.

— Onde está o endereço? — Sato indagou, impressionado, também ansioso de ter essa informação.

— Olhe no verso da foto — respondeu.

— Caramba *hein*, Mimi. Nessa você se puxou. Não duvido que cresça logo e ganhe um cargo pra trabalhar com os federais, quiçá com os intergalácticos — Kawu elogiou.

Sato se perdeu dentro das fotos. Mas, depois de um tempo, sorriu para ninguém em específico.

— Oh, não! — Kawu lamentou. — Eu sei o que esse sorriso quer dizer…

— E aí, mandei bem ou não mandei? — Mimi quis saber.

— Mandou bem demais! — Sato se levantou e vestiu um sobretudo cáqui.

— Aonde você vai? — Mimi perguntou.

— Não é óbvio? Vou fazer uma visitinha para nossa amiga em comum — Sato respondeu.

— É *isso* o que aquele sorriso queria dizer! — Kawu também se pôs em pé e vestiu um sobretudo cáqui.

— E quanto ao meu favor? — Mimi indagou.

— Fale disso quando eu voltar — Sato respondeu.

Tiveram de pegar o perfura-neve para ir ao endereço do imóvel alugado. Ambos sabiam que o capitão iria lhes dar uma bronca terrível por sumirem tendo uma investigação ativa, mas Sato não pôde evitar, e Kawu estava ali porque preocupava-se com a obstinação do parceiro de trabalho.

— E aí, qual é o plano? — Kawu quis saber.

— Não tenho um.

— Típico de você. Vamos chegar lá, dar de cara com uma fugitiva intergaláctica e dizer: "queira me acompanhar, cara dama, pois tu estás presa"?

— A gente dá um jeito.

— Um jeito na coluna, só se for. Está ciente do tamanho daquela fêmea? Ela limpa o chão com a nossa cara!

— Então por que veio? Eu daria conta sozinho.

— Se você resolve esse caso sozinho, dou jeito de me enforcar num pé de melancia. E outra coisa, se eu não participasse dessa missão suicida, eu tomaria bronca por não saber onde você se enfiou. Para evitar a chateação, sou obrigado a te ajudar. Não que eu não vá levar esporro quando voltarmos. Os caprichos são seus, mas as cagadas são nossas. Somos como um casal sem benefícios.

— Melancia não dá em árvore, Kawu.

— *Exatamente!*

Sato bufou.

— Pense na glória, cara! Se capturarmos uma procurada intergaláctica, nossos nomes vão às alturas.

— Pode crer que eu estou pensando nisso. É o que me faz não pular no teu pescoço e te matar.

Meia hora mais tarde, o perfura-neve fez uma parada na pequena cidade do Vale de Usso. Perguntaram a policiais locais sobre o endereço que procuravam e receberam direções. Pegaram um neve-táxi e adentraram um bairro terrível: os zeemeeanos que ali habitavam eram praticamente indigentes, vivendo do lixo e da sucata que rodeava os casebres de latão.

Depois de muito caminharem e se afastarem dos olhares tortos dos habitantes, pararam diante do número desejado. Lixo rodeava a casa, apesar de ser uma residência bem-cuidada. Naves, veículos de neve e jatos se sobressaíam entre a sucata acumulada que flanqueava o terreno. Nada brilhava, tudo estava condenado e enferrujado. O único grau de elegância naquele ambiente eram os detetives da Capital de Baixo. E sabiam, não deviam estar ali.

Sato tomou cobertura, evitando ser visto pelas janelas e porta, e o parceiro imitou o movimento.

— Sato — sussurrou Kawu. — Qual o plano?

— Vamos invadir — sussurrou de volta. — Se for a casa errada, vamos pedir desculpas e voltamos pra delegacia. A bronca vai acontecer de qualquer jeito.

— E se for a casa certa?

— Bem, vamos atirar pra matar. — Puxou a arma e Kawu foi obrigado a fazer o mesmo.

Ambos checaram a porcentagem de energia de suas armas laser: ambas em 100% de carga. Se Diva de Cima estivesse dentro da casa de latão, aconteceria uma matança desenfreada.

— Não é melhor checar a casa primeiro? — Kawu disse, as mãos suando. Nunca havia usado aquela arma em serviço, para matar alguém. Nunca precisara de fato sacar o laser; resolvia tudo no grito de autoridade.

— Eu já expliquei o plano!

— Mas e se tiver mais gente lá dentro, gente inocente?

— Pode haver, vamos aceitar o risco.

— Cara, antes de qualquer coisa, deixe-me lembrá-lo de que a Cabelos-Negros voltou dos mortos. O que garante que isso não vai acontecer de novo?

Sato lambeu os lábios, mas não respondeu a isto. Olhou para os acessos e becos daquele bairro xexelento. Não viu ninguém por perto, também não escutou voz alguma. Havia apenas o assobio do vento e o branco de neve. O aviso de Kawu era exagerado, mas mesmo em exageros existe um pouco de racionalidade.

— Vou olhar pela janela, Kawu — Sato sussurrou. — Me dê cobertura.

Não esperou resposta: levantou-se rápido e procurou com os olhos através de uma fina abertura na chapa de latão do casebre. Forçou a vista, procurou ângulos decentes e o que viu fez com que Sato recuasse bruscamente, os lábios convulsionando com a surpresa, os dentes clicando com força.

— O que houve? Sato? Sato! — Kawu sibilava. Sato ficou de costas para a parede, tão imerso em choque que os sussurros do amigo não chegavam aos seus ouvidos. *Se o que vi é real, então é mais sério do que imaginei*, o detetive pensou. — Sato! Sato!

Kawu jogou uma pedra no parceiro, causando um agulhada de dor que o fez despertar do transe.

— Ela está lá — Sato disse.

— A Cabelos-Negros?

— Sim. E pior ainda, está fazendo uma terrana de refém.

Kawu engoliu a saliva em seco.

— Está brincando, não é?

— Eu não brincaria com uma coisa dessas.

— Cacetada! Ela está sozinha com a refém? Elabore!

Sato passou a língua pelos lábios, a respiração áspera.

— A terrana está deitada numa cama. Há muito sangue por todos os lados. Não sei dizer se fresco.

— E a Cabelos-Negros? O que ela está fazendo?

— Parece mexer num tipo de cubo. Está girando as peças pra agrupar as cores. É um passatempo. Já vi algo parecido quando visitei as colônias terranas.

— É nocivo?

— Não, é apenas lazer.

— Sato, olha no que fomos nos enfiar! Quando a notícia de que uma terrana foi feita refém em Zeemee de Baixo chegar aos jornais, haverá guerra!

— Não pense nisso agora, concentre-se. Devemos agir imediatamente.

— Acho que sim. Vamos?

— No "três". Um...

— Ei! Vocês dois! O que estão fazendo?

Ambos paralisaram com a pergunta.

Sato e Kawu não estavam prestando atenção no movimento da rua e não viram a aproximação de um zeemeeano que trazia uma bolsa cheia de alimentos.

De armas preparadas, cada um sacudiu sua mão livre num gesto que mandava o estranho sair dali. Mas ele não saiu; deixou cair as compras e sacou uma pistola. Por sorte o atirador tinha uma mira terrível e errou todos os disparos. E, revidando, os detetives se enfiaram no lixão do Vale de Usso, correndo por suas vidas.

Diva ainda tremia depois de voltar dos mortos. Nada do que pudesse pôr em palavras explicaria a experiência de passar pelo Reino dos Condenados e sair da lá para contar a história.

— Vamos, porcaria, vamos...

Girava o cubo entre os dedos, tentando fechar a combinação de Ogeid para mais um milagre. Selma estava ao seu lado, em uma febre que a fazia pular em espasmos. Nunca havia visto uma terrana ficar tão doente por um braço ferido.

— Vamos lá, Ogeid. O que quero é uma nave em boas condições. Só isso.

Quando surgira o clarão da supernova, Diva achou que morreria, pois tudo ao redor explodira, menos a Andorinha, que por milagre ativara a tração cósmica, jogando-os no hiperespaço. Não soube dizer por qual probabilidade matemática a relíquia decidira levá-los para Zeemee. E foi de modo tão abrupto que a nave danificada colidira contra a atmosfera do planeta. Diva, muito rápida, conseguira colocar os amigos, que haviam desmaiado, dentro dos dois botes de escape que a Andorinha dispunha. Lançara-os em direção a Zeemee. Porém, ela própria não conseguira sobreviver. Agora que retornara, se quisesse, tinha uma história terrível para contar do tempo em que permanecera no mundo dos mortos.

— Vamos, cubo maldito, mais um milagre. — Selma pulava de febre, Pipo havia saído para comprar comida. Com sorte não o reconheceriam. — É só o que eu peço. Só mais um milagrezinho.

Foi quando ouviu as rajadas laser virem do pátio da cabana de lata. Levantou-se exasperada e pegou um pedaço de cano. Espiou pela janela e viu Pipo tomar cobertura e trocar disparos com alguém. Pela quantidade das rajadas, imaginou serem duas pessoas na troca de fogo contra seu amigo engenheiro.

— Pipo?

— Volta pra dentro! — Ele disparou mais duas vezes, tomando cobertura numa árvore branca de neve. Os lasers de retorno dos inimigos já não mais o miravam, os atiradores estavam longe. — Volta!

— Não! Vou atrás deles. Quem eram?

— Não sei.

— Me dê a arma.

Pipo correu da cobertura da árvore para o batente da porta e adentrou a cabana puxando Diva para junto dele. Ficaram rentes um no outro: Diva imensa, musculosa, e ele, baixo para um zeemeeano, franzino. Trocaram um olhar de ternura por pouco tempo, próximos, sentindo o calor corpóreo um do outro.

— Me dê a arma — ela disse outa vez. Pipo entregou. Diva passou o cubo para ele. — Faça essa coisa nos dar uma nave.

Deixou-o ali, plantado, tomando conta de Selma. Levava a arma laser de Pipo e perseguia os inimigos, independente de quem fosse eles. Estavam no lixão de Zeemee de Baixo, local que Diva conhecia como a palma de sua mão. E, por ser temporada de neve, as montanhas de sucata e lixo biodegradável estariam ausentes de moradores fazendo suas pilhagens. Seria ela contra os invasores numa imensidão miserável.

Não demorou muito para encontrá-los.

A zeemeeana foi pé por pé entre as caçambas de comida podre, viu os estranhos de sobretudo cáqui conversando exasperados, discutindo o que fazer a partir do que tinham visto. Diva, apesar de grandona, sabia se ocultar. E esperou. Ouviu o que eles diziam, o próximo passo. Erro deles, deviam ter ido embora quando Pipo os botou para correr. Era uma estratégia básica: bater em retirada e voltar com reforços. Mas, ao que parecia, estavam ali ilegalmente, sem o conhecimento de seu oficial superior.

Eram detetives.

Preciso dar cabo deles, aqui e agora. Se chegar ao conhecimento da Federação de Justiça Intergaláctica que estamos em Zeemee, será muito mais simples de nos capturar do que a emboscada que planejaram pra nós em Alpha Centauri.

Devagar, sem fazer alarde, pôs a arma em mira e esperou o momento exato para efetuar um disparo seguido do outro. Porém Diva não imaginava que os dois policiais sabiam de sua presença; não entendia como eles poderiam ter conhecimento. No momento em que ela ia disparar, foi surpreendida por dois saques rápidos de pistolas laser.

— Mãos para o alto — disse um deles.

Ela ergueu as mãos devagar, a arma ainda na mão. Mas não tinha sangue frio, jamais conseguiria ficar quieta sabendo das consequências de seu fracasso. Assim sendo, saltou para o lado e fugiu dos dois policiais, que dispararam, porém não acertaram nenhuma rajada.

Então ali estava Diva, naquele lixão que ela amaldiçoava desde a infância. Jurara para si mesma que não dependeria daquele lugar novamente. Corria por sua vida, pela segurança dos amigos, despistando os policiais entre morros de lixo, tudo porque o destino a compeliu a ser o que era. Ascendeu dos lixões de Zeemee às estrelas, e não se orgulhava de ser criminosa; contudo, como sair da miséria se não de tal forma, sem emprego, sem oportunidade?

— Pare! — berrou um dos detetives.

— Fugir só vai piorar as coisas pra você! — gritou outro.

Enquanto corria, o sangue fervia, fazia-a revolver-se nas memórias. Chegou a rosnar, abalada, ainda tremendo com os pensamentos da pós-morte. Não queria ser executada por seus crimes. O Reino dos Condenados, o mundo dos mortos, era terrível demais para se experimentar outra vez. Então, ao passar por uma torre de sucata, Diva desferiu um soco tão poderoso que levou uma pilha de lixo abaixo, provocando uma torrente ruidosa de metais. Os guinchos de ferro e aço raspando, cedendo, junto dos gritos de horror dos detetives abaixo das ferragens, nem de perto se equiparava ao que ouviu quando morta. Nada se equipararia àquilo.

Ainda em frenesi, soltando uma nuvem de bafo quente na friagem de Zeemee de Baixo, ela andou até os dois detetives e viu muito sangue. Um deles estava com a cabeça esmagada, o outro tinha o braço decepado. *Como consegui fazer isso?*

Diva observou alguns moradores da região se aglomerarem para checar a origem de tamanho estrondo, e a viram parada, imponente, diante da torre de lixo tombada. Pipo estava entre a aglomeração: obrigou-se a deixar Selma sozinha para apaziguar a própria preocupação. E quando Diva o viu, ela correu até os braços dele e o apertou forte, sentindo seu cheiro, convulsionando de terror e frio.

— O que houve? Conte-me, capitã. O que aconteceu aqui?

— Pipo — ela disse. — Aconteceu outra coisa comigo depois que eu voltei da morte.

— Que coisa?

— Estou forte, muito mais do que já fui. Não sei explicar. Eu não sou eu mesma. Algo em mim mudou. Algo que não sei o que é.

Pipo a apertou forte e disse:

— Não tem problema, capitã. Ainda é a Diva, e é isso o que importa.

Kawu acordou sob as ferragens, sem um braço, decidido a viver. Enquanto os curiosos se dissipavam, indiferentes ao zeemeeano ferido, ele lutava pela própria vida, rastejado e se esgueirando pela sucata. O braço perdido o fazia ver borrões sem cor, mas jurava pela própria vida e mais que tudo no universo que iria fazer a Cabelos-Negros pagar pelo que fez.

Ele tinha na cabeça a morte de Sato. Em específico, pensava na última coisa que o parceiro dissera para a senhorita Mimi. "Fale disso quando eu voltar."

Lutando bravamente para se ver livre de sua prisão de sucata, sob a neve e o frio, Kawu se levantou determinado a ter sua vendeta, mas, depois de muito perder sangue, não resistiu e faleceu no caminho, no meio do lixo, e ninguém fez nada para acudi-lo.

O Bom, o Mau e a Estranha

Durante a retomada do Velho Mundo, seguindo as ordens do clero para erradicar os generais remanescentes após a queda do Mago da Morte, Santiago enfiara-se numa situação sem volta: estava perdido na escuridão de uma realidade estranha e, o que via, não conseguia pôr em palavras. Encarava a lua jazendo no chão, a mesma esfera branca e radiante que aparecia no céu à noite e que também influenciava as marés. A mesma lua ali, disponível ao toque. E não apenas isso o impressionava, mas também o mar de ouro, prata e gemas preciosas ladeando o satélite esburacado.

Imundo do sangue dos diabretes que matara ao entrar ali, olhou para cima e encarou a escuridão; o firmamento pareceu-lhe assustador demais para se mirar. Em anos de inquirições, desde que se tornara um paladino em Bonfim, jamais se deparara com cenário tão absurdo.

O mundo parecia estar sobre seus ombros. O braço canhoto, ferido por uma dentada de um diabinho que atravessara os elos da cota de malha, doía em demasia. E não sabia para onde ir, não quando se desorientara com a radiação de uma lua estranha infligindo dano ocular. Àquela altura o cramulhão que perseguia já devia ter encontrado o caminho de sua fuga, por isso, o paladino pensou, era prudente bater em retirada.

Ficou de costas para a esfera branca colossal e tentou esperar a ardência nos olhos diminuir. Tinha uma sensação inquietante de que pela sua retaguarda algo ou alguém o encarava, como se o espiasse em momento de fragilidade. Assim que lágrimas escorreram pelas bochechas e ele conseguiu semicerrar as pálpebras, encarou melhor o cenário de matança que se deitava sob seus pés. Um cheiro rançoso do lodo se alojava no fundo da garganta, tal como o gosto amargo do sangue inimigo que lhe entrou na boca. Lamentava toda a situação e não sabia para onde seguir, pois assimilar de onde veio era incabível, uma vez que, ao redor da lua, uma mata rodeava a clareira com troncos em perfeita simetria — um cenário artificial, como se construído por um deus obscuro, de modo a ocultar a presença do terreno de forasteiros e desorientá-los se porventura entrassem ali.

Derrotado e ferido, deu meia-volta e sentiu uma fúria flamejar em seu peito.

Andava entre as árvores na esperança de achar a saída, mas o bosque se repetia em padrões de galhos, troncos e pedras. Ocorreu-lhe, de repente, que trilhava uma rota circular, e isso o fez apressar o passo. Contudo, o caminho era o mesmo, de novo, igual!

Em dado momento de caminhada, ouviu um berro vindo pela sua esquerda — um grito feminino. Surpreso e arisco, Santiago envolveu a mão do braço bom no cabo da espada e aguardou para ver o que aquilo representava. Como esperou por certo tempo e nada aconteceu, começou a andar. Não gostava do que aquilo representava: era um grito que se escutava de mulheres ao serem violentadas ou ao terem a sua criança morta diante dos próprios olhos; e, na escuridão do bosque, resolveu que não a deixaria desamparada. Quanto mais se aproximava, mais percebia um bruxulear entre os galhos, até que viu uma claridade. Era uma fogueira de acampamento e, ao circular a clareira disfarçadamente para espiar o que estava acontecendo, pôde observar a mulher nua, de cintura fina e pernas longas, mas suja de sangue dos pés à cabeça, surrada, agredida e até, Santiago achava, vítima de uma barbárie ainda pior.

— Vosmecê é péssimo em ocultar a presença, forasteiro. Saia dessas moitas para que possamos confabular como dois *hombres* — o sujeito disse. O interlocutor estava sentado em uma árvore tombada e usava roupas que destoavam de qualquer tipo de vestimenta que Santiago conhecia: um chapéu de aba arredondada, um lenço vermelho ao redor do colarinho de uma camisa branca encardida e, preso num cinturão, usava um poncho como um saiote, porém tinha calças largas por baixo, e, nos pés, botas bicudas de couro de jacaré. O homem tinha a pele achocolatada, uma raridade nos dias pós-glaciais.

— Vamos! Mostre-se! — o sujeito insistiu. Fumaça de cigarro flutuava ao redor do rosto, ocultando o bigode bem aparado.

Santiago de Bonfim, então, vendo a imagem da bonita mulher gemendo de dor, chorando entre espasmos, decidiu que ia dar o rosto a tapa. Parou diante do homem em vestes esquisitas e sacou a espada de duas mãos. Contudo, mostrou involuntariamente a fraqueza em que se encontrava.

— Esse braço... Se não mijar nele, não vai cicatrizar.

— Quem é você? — Santiago indagou, sem tempo para gracejos. — O que fez com essa mulher?

Ambos os homens se encararam. O paladino não conseguia ver o rosto do sujeito, mas o sujeito tinha uma visão completa do adversário que se colocava entre si e a vítima.

— Dá um quente no coração ver tamanha valentia, mas vosmecê é um tolo por acreditar na inocência dela.

— Por favor, me ajude — a mulher choramingou amarrada ao tronco. Santiago via toda a feminilidade dela se esvair em sangue. Era o quadro da delicadeza, a imagem de quem não pode se defender e que nunca pôde. Ela o encarava com olhos brilhantes, os braços puxados para cima e amarrados na árvore atrás de si. *Santo Deus, como é linda!* Precisava salvá-la. Não podia deixá-la ali à mercê de um lunático!

O forasteiro sorriu para a expressão de raiva que Santiago lhe direcionou. Jogou a ponta do cigarro na fogueira e disse:

— O que vai fazer a respeito? Vai acreditar nela? Acho hilário ver vosmecê tomar partido assim tão facilmente. E tire a mão dessa espada, *hombre.* Não quer lutar comigo! Não sou seu inimigo. Ademais, vosmecê nem está em condições de duelar.

— Empunhe sua arma, maltrapilho. Não luto com homem desarmado!

— Honroso, mas uma vez que eu puxe minhas armas, estará morto. Vosmecê não quer isso, eu também não.

— Por que não tenta a sorte?

— Não me desafie, vivente! Estou sendo mais paciente do que devo. E minha paciência tem pavio curto. Não brinque com fogo, ou se queimará!

Santiago olhou de relance para a mulher: ela chorava, o rosto sujo e marcado pelas lágrimas. Ele forçou o braço ruim a obedecer e empunhou a espada e, quando fez que ia correr em direção ao inimigo, outra pessoa apareceu e jogou a cabeça do cramulhão perto da fogueira.

— Alguém deixou isso escapar. Não fui eu. Eu literalmente cheguei agora.

O homem negro, que estava com a mão direita erguida para sacar sua arma, parou e encarou a dona da voz feminina — o jeito de falar era-lhe conhecido.

— Diva. Morreu de novo?

— Sim, a Federação de Justiça Intergaláctica está no meu pé. Pipo e Selma ficaram bem, só pra você saber. Quem é o novato?

— Um tolo.

— Ele ia te atacar?

— Tentaria.

— Desculpe aí, ô da espada, é que, mesmo que você não estivesse ferido, o Chico Bonanza ia te meter um balaço na cara.

Santiago viu aquele encontro de inimigos e, aterrado com a imagem daquela que o homem maligno chamou de Diva, fraquejou com a espada.

— Sente-se, *hombre.* Tome um ar — Bonanza disse. — Faz mal guardar tamanha ira no coração.

— Se eu baixar a lâmina, irão matar essa mulher indefesa!

— Caramba, novato, você é mesmo tapado, hein? — Diva disse. — Essa mulher aí é um súcubo. Está nessa forma pra te seduzir. E está dando certo, ao que parece. Sabe o que é um súcubo, não sabe?

Santiago, que encarava Diva — uma criatura azul sob uma armadura de ossos bizarros, de ombreiras que eram crânios de monstros de outro mundo, elmo de caveira, empunhando um rifle que parecia ser um fêmur esquisito —, fez que sim, sabia o que era um súcubo.

— Se quiséssemos matá-lo, espadachim — Bonanza disse. —, já estaria morto.

Mesmo que Santiago quisesse muito desacreditar dessa ameaça, ele viu Diva trazer a cabeça do cramulhão como se fosse muito fácil tê-lo matado.

— Não acredite neles... — a refém gemeu. — Ajude-me, por favor... essas pessoas me... e... ah, mataram o meu filho bem diante dos meus olhos, eu não pude fazer nada. Ajude-me, *por favor*. — Tossiu. Santiago sentia-se impotente, dolorosamente parvo por não agir.

— Mas eu acabei de chegar aqui, pomba! — Diva disse, tomando assento perto da fogueira. — Como, por bilhões de estrelas, eu te agrediria?

— Você poderia ter só ido se aliviar ou checar o perímetro — sugeriu Santiago. Mostrava uma carranca para os dois estranhos. Tinha baixado a espada, mas não a embainhado. Portanto, Bonanza ainda se mostrava preparado para um saque rápido de suas armas.

— Qual é o seu nome, novato? Sou Diva, muito prazer.

— Santiago de Bonfim — respondeu, hesitante. — E eu ouvi seu nome, não precisa repetir.

— Ele está desconfiado mesmo — Diva disse para Bonanza. — Bem, eu também estaria. A gente não se bicou de primeira, né, Chico, mil vidas atrás.

— Mil das suas vidas, a minha ainda é a mesma — ele disse. Não havia tirado os olhos do paladino por nenhum segundo. A vítima continuava chorando.

Santiago relanceava o olhar para ela a todo instante, como se estivesse cometendo um pecado por não acreditar em sua inocência. — É um homem da fé, Santiago de Bonfim?

— O que acha?

— Vem do meu passado ou do da Diva?

— O que isso quer dizer?

— Se não entende essa pergunta e está aqui entre nós, então é um idiota.

— Cuidado com suas palavras ou pagará caro, pois luto em nome de Deus Todo-Poderoso! — Santiago berrou.

— Olha — objetou Diva. —, não é bem verdade.

— Se atreve a blasfemar?

— Jamais! Acredito em todos os deuses e entidades possíveis, inclusive na que me mandou pra este lugar maldito.

— Achei que tivesse sido a Federação de Justiça Intergaláctica a te mandar para cá — Bonanza disse.

— Bem, eu posso ter omitido algumas partes. — Diva deu de ombros.

— Do que estão falando!? — o paladino questionou, raivoso.

— Conhece a treva? — Diva perguntou.

— É a ferramenta de Satã!

— Ao contrário: Satã que se alimenta da treva. A treva é a fonte de todo o maligno do universo. Aliás, Satã não existe, o que você enfrenta ou acredita enfrentar, de acordo com minha amiga Selma, é um delírio coletivo terrano.

— É a primeira vez que se depara com o sobrenatural, homem da fé? — Bonanza perguntou.

— Não. Já matei muitos demônios antes, entre vários inimigos de Deus.

— É a primeira vez que vem parar nos bastidores do mundo?

— Se esse é o nome deste lugar, então, sim. Aliás, o que isso significa? Estamos atrás de uma cortina? — Santiago sentia as pernas tremerem, um suador forte a lhe atacar. *A mordida*, ele pensou, *vai infeccionar logo. Preciso dar jeito de sair daqui. Esses malditos estão me fazendo perder tempo.*

— É quase isso. Explique para ele, Diva. Vosmecê é melhor com as palavras do que eu. Gosto das analogias que faz.

— Nós chamamos de "bastidores do mundo" ou "bastidores entre mundos" porque estamos numa dimensão entre um mundo e outro. Não sei como você veio parar neste buraco fedido, Santiago, mas eu morri. Fiz mais uma de minhas jornadas pelo Reino dos Condenados pra chegar até aqui, e daqui de volta aos meus amigos.

— O que está dizendo é impossível... ninguém é capaz de reviver! Não como éramos antes. Já vi a magia proibida dos necromantes e liches diversas vezes, também o Mago da Morte conjurando o feitiço sombrio!

— E você tem razão, não é como antes. *Eu* não sou como antes. — Diva removeu o elmo e mostrou um rosto murcho e ressequido, os dentes faltando, o cabelo branco e fino como o de uma múmia. — Bonanza, você já viu este rosto antes?

— Nunca vi mais feio!

— Pois é. — Diva vestiu o elmo novamente — Isso acontece porque, sempre que vou ao Reino dos Condenados, meu corpo fica no plano estelar e o que desaba para o abismo infernal é o meu espírito. Lá eu ganho nova carne. Esta armadura de ossos que uso não é nenhuma tecnologia futurista ou espacial, como Bonanza uma vez me perguntou. Isso aqui é carcaça de insetos do inferno, e esta arma... — Mostrou o rifle-fêmur com certo orgulho — é uma ferroadeira que causa paralisia naqueles que são atingidos. Muito útil, sempre me ajuda a chegar ao portal de volta pra cá. Provavelmente sou a única na história do Reino dos Condenados zeemeeano que conseguiu voltar dos mortos, mas só assim é possível. O que quero dizer, Santiago, é que *aqui* nós estamos atrás das cortinas do plano estelar; o plano estelar é o palco. Lá onde eu estava, o Reino dos Condenados, é atrás disso ainda, como um camarim. Entende?

— Quer dizer que...

— Eu venho do camarim também — Bonanza interrompeu Santiago. — Vim do mundo dos sonhos, porque é como esses súcubos me atacam. — Apontou para a mulher amarrada. — Esses demônios vêm na forma de minha falecida amada, me fazem acreditar que estou acordado. Revivo os bons momentos que tive com ela e, quando pedem para fazer... *sexo*, eu desconfio. Eu fiz amor uma única vez com Denise, foi embaraçoso. Tínhamos um romance proibido. Logo, ao tentarem me seduzir tão vulgarmente para o ato, com tamanha perversão no olhar, percebo o truque e os confronto. Sempre acordo neste limiar entre mundos. Nas primeiras vezes foi mais difícil me desembrenhar do terror. Dói ter que matar a ilusão, abandonar o meu maior desejo. Por isso, forasteiro... Santiago de Bonfim, o jeito que essa "vítima" aparece para vosmecê, sofrida, esperando um resgate, é como ela enxerga o seu maior desejo: é a vontade que vosmecê tem em ser o herói, o salvador dos oprimidos. E por que não uma linda mulher a ser salva pelo galã de capa e espada?

— Se alguém precisa ser salvo, eu o salvarei! É a vontade de Deus!

— Não se ofenda, vosmecê é nobre. Mas o demônio está o usando para que derrame seu altruísmo sobre nós. E não da forma boa. Vosmecê parece ser sujeito decente, e aprecio tua bondade, de verdade. Por isso espero que não erga essa espada novamente, porque quero acreditar que temos mais um amigo em quem confiar.

Olhou para a mulher desmaiada ou, como diriam ambos os estranhos, fingindo.

— Não a alimento, não lhe dou de beber. Espero que se canse do joguinho de mentiras — Bonanza disse. — Ela é o nosso guia para fora deste pesadelo.

— Eu tive sorte desta vez — Diva comentou, como se alheia à intriga masculina ao seu lado. — Estava presa num ciclo. Eu morri e morri e morri, dei graças por encontrar vocês. Se eu definho viva tenho que começar tudo de novo, desde o Reino dos Condenados. Não é fácil arranjar esta armadura de ossos, e para remover o ferrão dos insetos então... Putz, é uma trabalheira!

Sem se aguentar em pé, Santiago caiu sentado e tonteou, sentiu os olhos ficarem turvos e, quando deu por si, os dois estranhos se levantaram apressados e avançaram sobre ele, mas não tinha força para revidar. Depois de tantos demônios, de tanto fazer o bem sem ver a quem, viu-se morrendo de forma medíocre.

Entre um delírio e outro, depois de ter desmaiado, acordou com o braço enfaixado, e suava bastante. Olhou para Diva assando uma criatura esquisita e Bonanza se aliviando numa árvore não muito distante.

— Chico — Diva ergueu a voz —, ele acordou.

— Dê-lhe um gole d'água, mas não muita. É a única que temos.

A morta-viva andou até Santiago e ofereceu um gole no bico de um cantil, o suficiente para molhar os lábios, nem isso.

— Mais, por favor...

— Eu sei que quer mais, mas sabia que no Reino dos Condenados ter isso o que teve é o bastante pra gerar uma guerra entre os penitentes?

— Bolas, Diva, um "não" bastaria, não precisa bancar a bacana! — Bonanza disse. Este último acocorou-se diante de Santiago e checou a temperatura do homem com as costas da mão. — Ainda está quente, mas baixou bastante. Perto do que estava, é uma melhora e tanto. Deus gosta mesmo de vosmecê, vivente, porque pensamos que fosse bater as botas.

— Quanto tempo eu dormi?

— Horas, dias, quem sabe? — Diva disse. — Acho que este lugar fica fora do tempo e espaço.

De repente, Santiago sentiu a magia do lugar, uma sensação etérea que o envolvia e que causava estranhamento:

— Em que idioma estou falando?

— É o que no meu tempo chamamos de *portunhol* — Bonanza disse. — Eu falo português e a Diva está falando em zeemeeano, que é o idioma do planeta de origem dela. Vosmecê está se perguntando por que nos compreendemos, não é? Pois bem, trata-se da feitiçaria deste lugar ou, talvez, a falta de feitiço. Aqui estamos livres da maldição de Babel, por isso nós nos entendemos universalmente, embora estejamos falando à nossa própria maneira.

— Muito cristão de sua parte, Bonanza. "Maldição de Babel". Mas não vou zombar muito, porque algo parecido acontece no Reino dos Condenados. Todos se entendem por lá. No mundo dos sonhos é assim também? Acho que já estive lá...

— Todo mundo que dorme e sonha já esteve lá, é o modo como os vivos entram naquela terra estranha. Mas nós só vislumbramos o mundo dos sonhos por entre brumas oníricas, como se olhássemos através de uma vidraça embaçada, sem nunca poder estar lá de fato. Quando os súcubos e os íncubos atacam, eles atravessam a vidraça sem que percebamos e nos puxam para aquele lado e tentam nos matar usando a luxúria como ferramenta.

— Então é verdade. — Santiago teve um espasmo de febre. — A mulher é um demônio...

— Sim — Bonanza assentiu.

— Mentira! — o demônio chiou.

— Rá! — Diva zombou. — A criatura nem tenta mais disfarçar.

— O súcubo sabe que perdeu a marionete. Santiago não lhe dará mais ouvidos. Uma coisa boa a meu ver, pois temos mais um amigo. Diga-me, vivente, como veio parar neste mundo bizonho?

— Eu... eu seguia o cramulhão, um dos generais do Mago da Morte. O Mago da Morte era um poderoso necromante que convocava espíritos do inferno com cânticos enlouquecedores. O cramulhão sabia como reviver seu mestre, por isso eu o segui. Fui o único da minha ordem que teve a ousadia para tanto.

— Um homem de fé... — Bonanza disse.

— Ele é jovem — Diva disse. — Ainda não aprendeu a ser cauteloso. — A zeemeeana riu do que ela própria disse, depois perguntou: — Veio de que tempo, meu chapa? De que país ou reino?

— Da era pós-glacial, ano 3133. Sou do reino boliviano, de Bonfim.

— Sou de Zeemee, mas minha amiga Selma disse que, quando ela visitou a Terra certa vez, o ano era 4000 redondinho. Veio de quando mesmo,

Chico?

— 1907 — Bonanza respondeu. — Diva me contou o que acontece com a Terra antes de sua época e depois da minha, Santiago. O mundo vai acabar por gelo e se reerguer de novo. Disse que eu não posso evitar de acontecer.

— Não pode — Santiago disse —, porque mesmo que tente, isso já faz parte das escrituras do tempo.

— Como sabe disso?

— Um demônio do relógio uma vez me contou. Coisas estranhas costumam acontecer comigo. — Sorriu fracamente, depois tossiu. — Água, por favor.

— Dê-lhe — Bonanza disse. Diva enfiou o bico do odre nos lábios do paladino.

— O demônio ainda não deu com a língua nos dentes? — Santiago perguntou.

— Não — Diva disse —, mas temos tempo. Todo o tempo do universo... Afinal, aqui o tique-taque não toca.

— Esse braço — Bonanza disse —, foi uma mordida de ann, certo?

— Sim, eles me atacaram logo que entrei neste lugar.

— Teve sorte que não soltaram veneno pelos dentes ocos, vosmecê estaria morto agora.

— É corrosivo, eu vi — Santiago disse. — Eu estava de elmo, perdi-o em uma cuspidela só. — O fogo crepitando sob o assado foi o único som ao redor do trio por um longo momento. — Então é isso, estamos esperando o demônio se cansar?

— Sim — Bonanza afirmou.

Santiago olhou para ela, a mesma mulher, mas o olhar de uma criatura das trevas. Havia muito desistira do teatrinho, só nutria o ódio em seu coração.

— Nosso sexo teria sido tão gostoso, Santiago, se você não tivesse dado ouvidos a esses tolos. — Agora sua voz era metalizada, quase gutural, e não tinha nada de feminina. — Você devia tê-los matado por mim, mas preferiu escutá-los, preferiu acreditar nesses idiotas!

Os três a encararam em silêncio. Por um tempo o súcubo continuou tagarela, amaldiçoando a todos, gritando para que o soltassem. Quando falhou na tentativa, voltou ao jogo da sedução, mostrando o que cada um mais desejava. Quando se transformou no amor de Bonanza, o pistoleiro não o perdoou e o torturou por brincar com a memória de Denise Nogueira. Sempre doía ver o rosto de sua amada e temia que nunca pararia de doer.

Quando o assado ergueu um cheiro, o trio se reuniu em volta da fogueira para comer. Santiago, ainda suando, porém melhor da febre, disse:

— Pode tirar o elmo, Diva, está entre amigos. Ademais, já vi coisas mais feias que você.

— Você também não é nenhum colírio para os olhos, homem da fé — ela disse, amistosa. — E garanto que Pipo discordaria de você.

— Ele é o seu namorado?

— Não, o Pipo não...

— Hum.

Diva removeu o elmo, sorrindo; depois comeram em silêncio. O súcubo pedia por alimento e água, pois, sem a semente do sexo e ausente do mundo dos sonhos, sua fome era imensa.

— Eu... eu mostro o caminho — por fim disse —, mas, por favor, me alimente, não quero morrer de fome.

— Vejam só, a criatura finalmente abriu o bico — Bonanza disse. Fez o pedaço de carne quase tocar o rosto do demônio, de forma que pudesse sentir o aroma. Pingava gordura. — Diga-nos como sairemos daqui.

— Assim não, solte-me primeiro.

— Não. Na verdade, vá para sua forma de súcubo, depois conversamos.

A criatura fez que ia objetar, mas a barriga doía muito. Então acatou a ordem — os cornos enrolados saíram de suas têmporas, as asas se espicharam de suas costas, um cheiro de enxofre empesteou o ambiente.

— Agora morda. — Bonanza pôs numa distância possível. O súcubo mordeu, mas o pistoleiro afastou antes que dente e carne se tocassem. — Diga onde é a saída!

A criatura começou a chorar, tão bela, tão ardilosa, mas desta vez chorava a valer; havia uma diferença gritante entre essa lamúria e a dissimulação.

O súcubo apontou com o queixo a direção de onde Santiago apareceu para Bonanza, o lugar onde a lua dorme.

— Sul, sempre ao sul, nunca parando — o súcubo disse.

Com um saque de seus revólveres ostentosos, o pistoleiro explodiu o crânio da criatura. Santiago se pôs de pé em salto.

— Acalme-se — Bonanza disse. — O demônio falou a verdade, súcubos são incapazes de mentir nessa forma.

— Como sabe disso?

— Eu só sei.

— Isso não me tranquiliza em nada!

— Ele sabe — Diva disse. Ela mordeu um pedaço de carne e deliciou-se: não comia algo tão saboroso assim havia vidas.

— Essas criaturas não mentem na forma súcubo porque não conseguem — Bonanza explicou. — É uma falha de suas naturezas. Confie em mim.

Voltaram a se sentar, todos em volta da fogueira, um silêncio estranhamente confortável entre o trio.

— Espero nunca mais ver a cara de vocês — Diva disse.

Santiago ainda digeria o que acabara de ver.

— É uma pena vosmecê ser a mais propícia a vir parar aqui — o pistoleiro disse.

— Sim. — Ela encolheu os ombros. — É verdade.

— De onde tirou água e comida, Bonanza — Santiago falou de repente —, se estamos neste limiar entre mundos?

— Da terra dos sonhos. Lá vosmecê pode fazer o que quiser desde que saiba o truque. Como eu não sei bem, mentalizei água e carne não venenosa. Então me veio um odre cheio de água congelada, e a carne é a desse bicho estranho que nunca vi, mas lembra frango.

— É um ktop, originário do planeta S78 — Diva disse. — Já estive lá.

— Curioso. Como se parece? É igual à Terra? — Bonanza perguntou, os lábios sujos de gordura.

— Não, é um deserto desgraçado como o Reino dos Condenados, embora haja um pouco de água e animais silvestres como esse.

— Hum — fez Bonanza.

Olhavam um para outro e se estranhavam, embora se

aceitassem. Um paladino pós-apocalíptico, um pistoleiro gaúcho e uma morta-viva alienígena. Uma bizarra união do destino.

— Agora vem a parte divertida. Tem condições de lutar, Santiago? — Diva perguntou.

— Sim, embora meu braço ainda doa. Enfrentaremos os diabretes novamente?

— Os ann não nos deixarão partir sem luta — Diva disse. — Se morrer, quer saber como faz para voltar do Reino dos Condenados?

— Quero — Santiago disse sem titubear. — Se eu for para o inferno depois de uma vida devotada a Deus, o mínimo que espero é ter o direito a um renascimento.

— E eu que sou o blasfemador — Bonanza ironizou.

— O segredo está nessas armaduras de inseto e o ferrão — Diva disse. — O ferrão é fácil de quebrar se você não for delicado (e você não quer quebrá-los!), são umas agulhas que se tira da espinha dorsal dos monstros-insetos. Exige técnica! Depois de ter isso, pegue um fêmur de trasgo em bom formato para um gatilho feito de cartilagens de aranhas gigantes, e o atravesse com um ferrão molhado. Mas guarde um pouco de água, também a comida que encontrar; pois, como talvez descubra, vai caminhar por muito, muito tempo dentro da Floresta Primordial. É a única floresta que tem lá, e saberá quando chegar ao portal. Não tem erro, porque é um arco de uma pedra púrpura enorme. Aí estará na escuridão destas florestas medonhas.

— Entendi. Estando aqui, acho que me viro — Santiago disse.

— Certo. Então, vamos? — disse Bonanza.

— Vamos — disse o paladino.

Diva jogou terra na fogueira e acompanhou os dois camaradas, desejando reencontrar Pipo e Selma tão logo fosse possível.

1. A primeira aparição do personagem Santiago de Bonfim aconteceu no conto chamado "Colmeia Noturna", presente na coletânea *Taverna Bode Mágico*. Editora Sem tinta.

2. O personagem Francisco Bonanza teve sua estreia no conto de título "Cura", presente na antologia *Dossiê Macabro: OVNI*. Editora Diário Macabro.

3. O "Reino dos Condenados" é uma referência direta ao conto "A irmandade dos mortos-vivos", publicado no livro *A Casa Fantástica*. Editora Flyve.

4. A citação aos "bastidores do mundo" vem do conto homônimo, publicado na Revista Diário Macabro N°4; Editora Diário Macabro. Também foi referenciado no conto "A grande geada", publicado em *Multiverso Pulp: horror*; Avec Editora.

AGRADECIMENTOS

Caros leitores, antes que *Diva Galáctica* seja fechado e colocado de volta na sua prateleira, preciso citar pessoas especiais que fizeram este livro se tornar realidade.

Primeiramente, quero agradecer ao amigo Duda Falcão que, com seu brilhantismo e dedo de ouro, apontou nos textos o que poderia ser melhorado ou polido. Agradeço pelo carinho com as minhas histórias e por ter sido a mente por trás do projeto *Multiverso Pulp*. Não fosse por isso, é possível que Diva, Pipo e Selma nunca tivessem sido criados (o que para mim seria uma lástima).

O agradecimento seguinte se conecta com o primeiro. Lembro que quando vi as chamadas dos editais do projeto *Multiverso Pulp* abertas, corri para falar com meu primo, Bryan, e perguntei quais eram as histórias mais saturadas possíveis em relação a uma ópera espacial. Queria evitar ficar fazendo repeteco. Tive um salto de aprendizado gigantesco na escrita de 2019 para 2020. No entanto, quando lhe fiz essa pergunta, eu estava verde. Chega a ser maluco eu ter escrito um livro de ficção científica tão intrincado feito este e não saber de quase nada sobre o assunto pouco tempo antes. Bryan foi o sujeito que me ajudou durante minha ignorância e me incentivou a sair da zona de conforto. Ficamos horas discutindo ideias, clichês, referências, até chegar o momento em que ele sugeriu a fagulha do que se tornaria o conto "Verde e Vermelho". Ademais, o motivo de eu gostar tanto de literatura hoje em dia, é por causa dele. Por isso, primo, muito obrigado. És uma das pessoas mais influentes na minha vida. Lide com isso.

Em seguida, quero agradecer toda minha família. Mãe, pai, avó, irmão, primos. Sem suporte, paciência, otimismo, torna-se inviável ser um artista de sucesso no Brasil. Ainda tenho um longo caminho pela frente, mas os Mendonça fazem direta e indiretamente minha literatura criar vida e alma. Amo vocês.

Agradeço também à Avec Editora — ao Artur —, por ter me dado a oportunidade de mostrar um pouco do meu trabalho. Estou na ativa desde 2017, ainda sou um zigoto se comparado a outros nomes da literatura fantástica brasileira contemporânea. Mas, em questão de perspectiva, tenho a impressão de que corri uma maratona. Não estou reclamando, ainda correrei muitas outras. Essa pausa para beber uma água é como um oásis no deserto. Uma bonança depois da tempestade. Tudo valeu a pena.

E, por último, mas não menos importante, agradeço a todas as pessoas que adquiriram *Diva Galáctica*. Espero que a leitura tenha gerado entretenimento e diversão. A zeemeeana certamente ficaria feliz em saber que vocês tiraram prazer de suas aventuras. E eu também. Eu também ficaria muito feliz.

Daqui me despeço.

Até a próxima!

Diego Mendonça
Porto Alegre, Rio Grande do Sul,
Fevereiro de 2021

MULTIVERSO
PULP

No volume 1, intitulado Espada e Feitiçaria, o leitor encontrará dez contos que exploram a fantasia e a imaginação criativa dos autores. Heróis e vilões se confrontam em cenários sombrios. As espadas golpeiam monstros em locais ermos, em ruínas, em templos e arenas. A magia emana dos iniciados e dos feiticeiros mais experientes. A aventura se destaca em cada uma das páginas do livro.

AUTORES

Alec Silva, Lucas Viapiana Baptista, Tarcisio Lucas Hernandes Pereira, Jonatas Tosta Barbosa, Fernando Fiorin, Marina Mainardi, Rodrigo B. Scop, Roberto Fideli, João Ricardo Bittencourt e Duda Falcão (organizador)

DUDA FALCÃO ◆ ORGANIZADOR
MULTIVERSO PULP
Vol. 02
ÓPERA ESPACIAL
Mélani Sant'Ana · Tiago Rech · Tarcisio Lucas Hernandes Pereira
Rafael Fontoura · Diego Mendonça · Otávio Definski
Caliel Alves · Tassi Viebrantz · Roberto Causo

Monstros, monstros e mais monstros.
Se você busca uma atmosfera sombria e de insanidade
confira o volume 3 do Multiverso Pulp – Horror.
Quando o véu é derrubado e a verdade se revela, o horror
elimina a esperança e congela a alma do flagelado.

AUTORES

Pablo Amaral Rebello, Simone Saueressig, Diego Mendonça, The Wolf,
Dré Santos, Adriana Maschmann, Lu Evans, Gabrielle Roveda,
Tarcisio Hernandes Lucas Pereira e Duda Falcão (organizador)

As narrativas que você vai encontrar no volume 4 do Multiverso Pulp o levarão para mundos fantásticos. Neles você vai conhecer as filhas do Vento e do Fogo, uma princesa buscando a cura para um feitiço terrível, a guerra entre os Beluiu e os Sauruds, um mistério em um mosteiro, a busca de um artefato mágico, uma menina em um jogo de videogame, amazonas, um monstro feito de monstros, um eremita em luta contra um dragão e ladrões na cidade fantástica de Gigamir.

AUTORES

Juliane Vicente, Bruno Leandro, Samuel Ngolatím, Simone Saueressig, Kátia Regina Souza, Bruna Sanguinetti, Verônica S. Freitas, Mariana Bortoletti, Fábio Aresi e Duda Falcão (organizador)

AVEC EDITORA

Caixa postal 7501
CEP 90430 - 970
Porto Alegre - RS
www.aveceditora.com.br
contato@aveceditora.com.br
instagram.com/aveceditora